Der Tod hängt hinterm Haus

Ein Thriller

von

Petra Gutkin

2. Auflage
Covergestaltung: Petra Gutkin
Text Copyright © 2015 Petra Gutkin
Bildrechte: © lassedesignen - Fotolia.com
Projektmanagement und Marketing: Gilon Gutkin

Herstellung und Verlag:
Books on Demand GmbH, Norderstedt

ISBN 9783848228362

Bibliografische Information der Deutschen Natio-
nalbibliothek

Inhaltsverzeichnis

Wie Phönix aus der Asche

Freddy programmiert und entwickelt Apps. Und das mittlerweile so erfolgreich, dass er sich nach kurzer Zeit seinen Traumwagen leisten kann.
Einen schwarzen Chevy-Van. Importiert aus den USA und ausgestattet mit allem erdenklichen Schnickschnack.
Als der Wagen mit einem Frachter in Bremerhaven eintrifft, holt er ihn nach den obligatorischen Umrüstungsarbeiten persönlich ab.

Kurz darauf lädt er mehrere Freunde ein, um gemeinsam ein verlängertes Wochenende in der Eifel zu verbringen.

Besagter Van parkt also gerade vor einem exklusiven Einfamilienhaus. Freddy, ein charmanter Frauenschwarm wie er im Buche steht: über eins achtzig gewachsen, drahtige Figur, dunkle halblange Haare, hockt zusammen mit Simon, Angie, Nicole und Stefan auf den super bequemen *Captain-Chairs* dieses fahrbaren *American way of life*. Sie diskutieren darüber, welche sechs CD's in den Wechsler eingelegt werden sollen.

Nachdem die letzte CD in dem Audiogerät verschwunden ist, öffnet sich die weiße Haustür, und Jessica verlässt in Jeans und hellem T-Shirt das elterliche Wohnhaus. Sie zerrt einen Trolley hinter sich her, um ihn im hinteren Teil des Wagens bei den übrigen Gepäckstücken zu verstauen. Die hübsche Blondine mit den hüftlangen Haaren setzt sich neben Nicole und belegt somit einen Fensterplatz. Nicole streicht sich mit den Fingern ihre dunklen, kurzen Haare aus der Stirn.

„Na toll, jetzt bin ich der Blondinenfraktion
ausgeliefert", stellt sie mit einem heiteren
Blick auf Jessica zu ihrer rechten und auf
Angie zu ihrer linken fest.
Angie hat ihre schulterlangen blonden Haare
zu einem jugendlichen Pferdeschwanz zusammen-
gebunden, den sie jetzt mit einem eifrigen
Kopfnicken zum Hüpfen bringt.

Jessica begrüßt kurz die Freunde: „Hey Leute!", und zu Freddy im Kommandoton: „Freddy,
fahr los."

Freddy: „Was soll der Stress? Wir haben
Zeit."

Jessica: „Meine ältere Schwester ist hier und
zickt rum, weil ich nicht mit will auf ihr
blödes Konzert. Also fahr endlich los, bevor
sie ihre Drohung wahr macht und mich gleich
aus dem Auto holt."

Stefan, der seine kurzen, dunkelblonden Haare
wild in alle Richtungen gestylt hat, seufzt:
„Das fängt ja gut an", und begrüßt die zu-
letzt Eingestiegene: „Hi Jessica. Willkommen
an Board. Bitte klappen sie ihre Tische hoch
und stellen sie ihre Rückenlehne senkrecht.
Es geht los."

Jessica bleibt eine Antwort schuldig und
schaut angespannt zu ihrem Elternhaus, als ob
sie ernsthaft erwartet, dass ihre Schwester
jeden Moment zur Tür raus kommt.

Sanft blubbert der Achtzylinder Richtung Au-
tobahn.
Coole Musik spielt, Cola und Chips machen die
Runde und alle genießen die Fahrt in diesem

rollenden Wohnzimmer, indem sich alle Insassen bequem ausbreiten können.

Nach ungefähr zweieinhalbstündiger Autofahrt verlassen sie die Autobahn.
Auf dem Flachbildschirm, integriert über der riesigen Windschutzscheibe, läuft *ice age 4*.
Angie und Simon, der neben Freddy sitzt, schlummern friedlich, als Freddy bemerkt:
„Laut Navi sind noch vierzig Minuten zu fahren."

Die Straßen werden schmaler. Von der breiten Bundesstraße wechseln sie auf Landstraßen, bis sie an einem grünen Ortsschild mit gelber Inschrift und gelbem Rand vorbeifahren, welches darauf hinweist, dass dieser Ort nur aus dieser einen Durchgangsstraße besteht und das sie am Ziel angekommen sind.
Sie halten an einem typischen Bauernhaus, welches einige Meter neben der Landstraße steht. Die Beschreibung passt auf das Gehöft, die Freddy per E-Mail vom Vermieter der Jagdhütte bekommen hat.
Er steuert den Van durch zwei Schlaglöcher auf das Grundstück, wovon die Schlafenden aufwachen.

Müde nuschelt Simon: „Was ist? Warum halten wir?"
Simon steht Freddy in Sachen *charmanter Frauenschwarm* in nichts nach. Ebenfalls über eins achtzig, durchtrainierte Figur, die leicht lockigen dunkelblonden Haare kurz geschnitten, scheint er der Traum aller Schwiegermütter zu sein.

Freddy springt aus dem Wagen und Angie erklärt: „Hier bekommen wir den Schlüssel für die Jagdhütte."

Die Freunde beobachten, wie Freddy die zwei Steinstufen mit einem Schritt hochhüpft und an die verzierte Eichentür pochen will. Mitten in der Bewegung hält er inne um sich zu bücken. Er schiebt einen Stein zur Seite und hält einen heftgroßen Briefumschlag in der Hand. Nach einem kurzen Blick darauf kehrt er zum Van zurück.

Während er den Umschlag aufreißt sagt er: „Wahrscheinlich ist niemand da", und entnimmt dem Umschlag zwei Schlüssel mit je einem Anhänger und einer Wegbeschreibung.

Freddy liest kurz und murmelt: „Eine Wegbeschreibung, auf der auch die Koordinaten aufgeschrieben sind. Cool, das erleichtert die Sache."

Er füttert das Navi mit den angegebenen Koordinaten und eine freundliche Frauenstimme flötet die ersten Kommandos.
Nun sind alle sehr gespannt. Freddy ist aufgefordert, den großen Wagen zu wenden. Sie fahren ein Stück den gleichen Weg zurück, um ungefähr zwei Kilometer weiter nach links in einen unbefestigten Waldweg einzubiegen. Souverän meistert der Van den Waldweg, bis eine Lichtung den Blick auf die alte Jagdhütte preisgibt.
Sie wurde mit Holzbalken erbaut, die mittlerweile eine grüne Patina aufweisen. Die Fenster sind mit hölzernen Fensterläden verschlossen. Ein Schornstein auf dem Dach deutet auf den offenen Kamin hin, weswegen die

Hütte bei Freddy in die engere Auswahl geraten ist.
Freddy hatte vor einiger Zeit im Internet nach einer geeigneten Unterkunft für diesen Trip gesucht. Der E-Mailkontakt mit dem Vermieter der Jagdhütte war eher dürftig. Und dass das Geld für die Mietdauer in bar vor Ort gezahlt werden sollte, machte Freddy stutzig. Doch es scheint ja alles zu klappen.

Mit ihrer Rückseite grenzt die Hütte an den Waldrand. Die Front- und Seitenfenster versprechen einen ungetrübten Blick über die tennisplatzgroße Lichtung, auf die sich die letzten Sonnenstrahlen verirren.
Die seitlichen Wagentüren öffnen sich und die Freunde verlassen die bequemen Sitze.
Simon reckt sich ausgiebig.

Nicole schaut auf ihr Handy und stöhnt: „Kein Empfang. Na toll!"

Jessica kramt sofort nach ihrem Smartphone und kann Nicoles Feststellung nur bestätigen: „So ein Mist!"

Freddy, der einen Schlüssel aus dem Umschlag fischt, wirft munter ein: „Na ja, wir wollten doch ein wenig *Abenteuer*. Das beginnt also jetzt - ohne Netz und doppelten Boden."

„Witzig", bemerkt Nicole wenig begeistert.

Freddy steuert auf die billige Holztür mit Glaseinsatz zu, die einen Wintergarten verschließt. Dieser wurde nachträglich vor den eigentlichen Hauseingang gebaut. Die eins zwanzig hohen Holzwände des Wintergartens, mit Glasaufsätzen, die bis zum verlängerten

Dach der Hütte reichen, bedecken die komplette Front.
Scheppernd fällt die Tür hinter Freddy zu.

Simon hat zwischenzeitlich beide Flügel der hinteren Wagentür geöffnet: „Hey, Stefan, hilf mir ausladen."

Sowohl Stefan, als auch Angie, treten hinter den Wagen.
Nicole und Jessica laufen auf der Lichtung umher und testen, ob die Smartphones nicht doch in irgendeinem Winkel Empfang haben.

Freddy steckt denselben Schlüssel in das Schloss der eigentlichen Haustür, die im Gegensatz zur Wintergartentür einen stabilen Eindruck macht.
Überraschend leise lässt sie sich öffnen. Der Blick durch die halb aufgeschobene Tür ins Innere verrät erst mal nichts. Wegen der geschlossenen Fensterläden ist es stockdunkel.
Freddy drückt das schwere Türblatt weiter auf, so dass diffuses Licht durch die Wintergartenfenster fast bis zur Hälfte des Raumes dringt. Er greift um beide Ecken, um einen Lichtschalter zu finden. Fehlanzeige. An eine Taschenlampe hat er sowieso nicht gedacht und sein Smartphone liegt noch im Auto.
Na ja, es wird ja wohl nicht so schwer sein, den Weg zum Fenster zu gehen, um die Läden zu öffnen.
Langsam bewegt er sich nach links, in die Richtung, in der er das Fenster vermutet.
Seltsamerweise dringen die Geräusche der Freunde nicht bis hierher vor. Plötzlich nimmt er *irgendwas* war. Ein Rascheln? Ein Kratzen?
Dann geht alles sehr schnell:

Ein grausam krächzender Schrei durchdringt
die unheimliche Stille. Er stößt mit seinem
rechten Schienbein an die Ecke eines Couchtisches, so dass ein fast unerträglicher
Schmerz durch seinen Körper jagt. Instinktiv
greift er zu seinem Bein und weicht damit einem Angriff aus, der auf seinen Kopf abziel-
te.
Schützend reißt er die Arme hoch und fällt
dabei neben dem Tisch zu Boden. Der schwarze
Angreifer flieht durch die geöffnete Tür und
knallt vor eine Glasscheibe des Wintergartens.
Jessica, die gerade genau vor dieser Scheibe
steht, weil sie immer noch mit ihrem Handy
beschäftigt ist, schaut erschrocken hoch und
sieht, wie eine Krähe voll vor die Scheibe
knallt. Dabei verrenkt sich der Hals des Vo-
gels seltsam und er fällt mit einem letzten
Flügelzucken zu Boden, wo er regungslos liegen bleibt.

Jessica stößt einen hysterischen Schrei aus,
auf den die anderen erschrocken reagieren.
Simon und Stefan rennen durch die Wintergartentür und weiter in den kaum erhellten Raum,
wo Stefan mit Freddy zusammenprallt.

„Mann, verdammt. Was soll der Scheiß?",
brüllt Stefan.

Simon reißt sein Handy aus der Jeanstasche
und schaltet es ein. Die Umrisse einer Sitz-
gruppe und des Couchtisches werden sichtbar.
Das Licht reicht aus, um zu sehen, dass sich
außer den Dreien kein weiterer Mensch hier
befindet. Simon geht zum Fenster, öffnet es,
um sofort danach den Fensterladen aufzudrü-

cken. Endlich ist der komplette Raum in hel-
les Licht getaucht.
Vor dem offenen Kamin liegt ein Teil der
Asche des letzten Feuers verstreut.

Zwischenzeitlich haben Angie sowie Jessica
und Nicole den Wintergarten betreten. Betrübt
schauen sie auf den toten schwarzen Vogel,
dessen Gefieder teilweise mit Asche bedeckt
ist und dem ein roter Blutfaden seitlich aus
dem Schnabel läuft.

Paule I

Paul feiert Geburtstag. Seine Mutter hat ihn
wie immer mit einem selbstgebackenen Kuchen
verwöhnt, auf dem sie für jedes Lebensjahr
eine Kerze steckte. Mittlerweile einundvier-
zig Stück. Paule ist landläufig als *zurückge-
bliebener Irrer* bekannt.
Großgewachsen, mit einer stabilen Statur und
den dunklen, kurzen Haaren sieht er auf dem
ersten Blick seinem Vater sehr ähnlich. Nur
die schmal beieinander stehenden fast schwarzen Augen und die dicken Lippen hat seine
Mutter ihm vermacht.

Die stark übergewichtige Schwester seiner
Mutter ist zu Besuch sowie einige Damen aus
der Kirchengemeinde. Alles in allem eine
trostlose Geburtstagsfeier.

Paule, der wie gewöhnlich den blauen Arbeitsoverall seines Vaters trägt, reißt ungeduldig seine Geschenke auf. Er macht keinen
Hehl aus seiner Enttäuschung, da nichts davon
sein Interesse wecken kann.

Sofie, eine klapperdürre Erscheinung mit rot-
gefärbten Haaren, wagt es, ihm über den Kopf
zu streichen. Eine Spur zu heftig wehrt er
sich gegen diese fürsorgliche Geste, indem er
ihre Hand mürrisch zur Seite schlägt.
*Fass mich nicht an, du Drecksschlampe. Ich
knall dich vor die Wand, wie Annes Katze und
reiß dir die Eingeweide aus deinem dünnen Kadaver,* tickt es in seinem kranken Gehirn.

Sofie überspielt die Situation, indem sie
blöde kichert und sich den anderen zuwendet.
Während die Damen sich dem Kuchen und dem

alltäglichen Klatsch hingeben, schnappt Paule
sein Geschenk vom letzten Jahr und verlässt
seine Feier.

Er stellt sich auf seinen silberfarbenen
Tretroller, den seinen Vater ihm zum letzten
Geburtstag schenkte. Das ist mit Abstand das
Tollste, was er in seinem Leben bekommen hat.
Der Roller hat große, dicke Räder, mit denen
er gut im Gelände fahren kann. Das ist wich-
tig, weil Paule es liebt durch den nahen Wald
zu stromern und fast jeden Tag einen Abste-
cher zur Burg zu machen.

Heute will er zur Abwechslung mal wieder zur
alten Jagdhütte. Als er über den Waldweg
rollt, denkt er wehmütig an seinen Vater. Im
Frühjahr hatte ihm seine Mutter erzählt, dass
sein Vater für drei Jahre nach Afrika muss,
um den armen Leuten beim Bau ihrer Hütten zu
helfen. Das klang erst mal plausibel, weil
sein Vater gelernter Zimmermann ist. Doch die
Nachbarskinder hänselten ihn nun auch mit
klangvollen Rufen wie: „Dein Vater ist im Gefängnis! Du bist der Sohn eines Knackis!"

Als er seine Mutter darauf ansprach, wieder-
holte sie nur, dass sein Vater in Afrika ist.
So weiß er also nicht genau, warum sein Vater
im Gefängnis ist. Das ist ihm auch egal. Er
vermisst den alten Mann, auch wenn er von ihm
oft übers Knie gelegt wurde und den nackten
Hintern versohlt bekam. Dann hatte er es wohl
auch verdient.

Mittlerweile nähert er sich der Stelle, auf
der die Jagdhütte seit Urzeiten steht. Mitten
auf der Lichtung macht er einen großen

schwarzen amerikanischen Wagen aus. Unbemerkt
verlässt er den Weg und verschwindet im Wald.

Die Männer, die er sonst hier beobachtet,
fahren nicht so ein großes Auto. Sie kommen
mit alten Kombis und einmal mit einem schäbi-
gen, russischen Geländewagen.

Er schiebt den Roller bis zu einem dicken
Baum gegenüber der Jagdhütte und legt ihn
vorsichtig auf den weichen dunklen Waldboden.
Während er genüsslich in der Nase bohrt, beobachtet er quer über die Lichtung, wie drei
Leute Gepäck ausladen, wie ein junger Mann
die Tür zum Wintergarten aufschließt und wie
zwei Mädchen mit ihren Handys umherlaufen.

Als das Resultat seines Nasebohrens in seinem
dicklippigen Mund verschwindet, bleibt sein
Blick auf dem hübschesten Wesen hängen, das
er je in seinem Leben gesehen hat.

So muss ein Engel aussehen, von dem die
Klatschweiber aus der Kirchengemeinde immer
erzählen. Hüftlange blonde Haare, die weich
um ihren wohlgeformten, schlanken Körper we-
hen. Ihre Brüste unter dem hellen T-Shirt
stellt er sich vor wie die, die er von den
Magazinen kennt, die er bei seinem Vater un-
term Bett gefunden hat. Die langen, schlanken
Beine stecken in einer engen Jeans und münden
in einem aufreizenden Po. Sein bisschen Ver-
stand setzt aus. Er hat nur noch Augen für
Jessica, bis sie aus unerklärlichen Gründen
hysterisch losschreit.

Er befürchtet, dass sie ihn entdeckt hat und
versteckt sich blitzartig hinter dem Baum.
Zitternd presst er sich mit dem Rücken gegen

die harte Rinde. Sein Asthma macht ihm zu
schaffen und er atmet geräuschvoll. Mehr als
sonst, weil er mit diesem Gefühlschaos extrem
überlastet ist.

Erst als Gepolter aus der Hütte dringt, riskiert er wieder einen Blick um den Baum herum.
Sein Engel mit den langen blonden Haaren
starrt auf eine Scheibe des Wintergartens.
Die beiden jungen Männer, die sich am Wagen
zu schaffen machten, sind in der Hütte verschwunden.
Zögerlich betreten die Frauen den Wintergarten.

Der Kuckuck ruft

Nachdem sich die Aufregung gelegt und Stefan die Krähe im Wald entsorgt hat, schauen sie sich in der Hütte um. Bis auf die verstreute Asche vor dem Kamin, die der Vogel mit seinem Flügelschlag verursachte, macht alles einen einfachen, jedoch sauberen Eindruck. Dieser Raum ist ausgestattet mit einer dunkelgrünen Schlafcouch, zwei altbacken geblümten Sesseln, dem schon auffällig gewordenen Couchtisch, einem Wandregal, das mit unnützem Bücherkram und Dekozeug vollgestopft ist, einem altertümlichen Röhrenfernseher sowie einer Singleküche, die hinter dem jetzt zur Seite geschobenen Vorhang verschwinden könnte. An der Wand hängt die für eine Jagdhütte passende Trophäe: Ein präparierter Hirschkopf, dessen dunkle Augen vorwurfsvoll in den Raum blicken.

Rechts vom Eingang befinden sich drei Zimmertüren, wovon die ganz rechte in ein zweckmäßiges Badezimmer mit einem winzigen Fensterchen und die zwei anderen jeweils in Schlafräume führen.

Im mittleren, kleineren Zimmer ist gerade Platz genug für ein Etagenbett.
Der größere der Schlafräume wird von einem Doppelbett fast komplett ausgefüllt. Schränke sind in keinem der Räume vorhanden.

Jessica öffnet das einzige Fenster in dem großen Schlafraum und hat Mühe, den Fensterladen aufzudrücken. Als dieser endlich aufspringt und schwungvoll mit Getöse vor die äußere Holzwand kracht, nimmt sie aus dem Augenwinkel im nahen Wald eine Bewegung wahr.

Ihr schien es, als ob ein Mann hinter den wild wuchernden Brombeersträuchern abgetaucht wäre. Sie schaudert und starrt einen Moment genau auf diese Stelle, doch es bleibt alles ruhig. Ein Kuckuck ruft seinen typischen Gruß und Jessica schließt nachdenklich das Fenster. *So viel Wald bin ich einfach nicht gewohnt*, grübelt sie, als Nicole vom Van zurückkehrt und ihre Tasche in das Zimmer schleppt.

Stefan beobachtet Nicole und fragt mit gespieltem Erstaunen: „Moment mal, wie kommst du darauf, dass *du* in diesem Zimmer schläfst?"
Nicole lässt sich in ihrer Handlung nicht unterbrechen, als sie schnippisch antwortet: „Weil ich und meine Tasche schon drin sind."

Stefan frotzelnd: „Okay, aber ich möchte auch in dem Doppelbett schlafen. Dann verbringen wir also unseren Aufenthalt mit gemeinsamen heißen Nächten. Das finde ich geil."

Noch bevor Nicole ihm eine Antwort entgegen schleudert, mischt sich Freddy ein:
„Wartet! Wir werden um die Schlafplätze knobeln. Das scheint mir am sinnvollsten. Ich schreibe unsere Namen und die der Zimmer auf kleine Zettel. Diese werfe ich in getrennte Behälter und jeder zieht zwei Zettel."

Er fischt den Tankbeleg aus seiner Jeans, nimmt einen Kugelschreiber aus dem Regal und setzt sich auf das Sofa. Er reißt den Zettel in einige Teile und fängt an zu schreiben. Stefan und Simon setzen sich auf die Sessel, während Jessica geeignete Behälter sucht.

Das Ergebnis dieser *Tombola* lautet:
Nicole und Angie teilen sich das Doppelbett,
Freddy und Stefan streiten darum, wer unten
schläft und Jessica und Simon müssen mit der
Schlafcouch im Hauptraum der Hütte Vorlieb
nehmen.

Freddy klatscht einmal in die Hände und
meint: „So! Nachdem das jetzt geklärt ist,
bringen wir das restliche Gepäck in die Räume
und fahren noch einmal los, um Lebensmittel
zu kaufen."

Schwarze Schönheit

Paule schiebt seinen Roller in großem Abstand
um die Lichtung herum, bis er die hintere
Hausecke erreicht. Erneut platziert er seinen
Roller auf dem Waldboden. Verdeckt von wilden
Brombeersträuchern riskiert er einen Blick
auf die Seite der Hütte. Hier ist er dem
Holzhaus viel näher. Ein Rappeln am Fensterladen lässt ihn aufmerksam dort hin schauen.
Nachdem das Rappeln energischer wird, fliegt
der Fensterladen auf und knallt gegen die
Hauswand. Er erhascht einen Blick auf Jessica
und duckt sich sofort. Er bleibt einfach auf
dem Waldboden hocken und hängt seinen Gedanken nach.

Ich möchte sie berühren. Vielleicht sogar so,
wie es die Männer in den Zeitschriften meines
Vaters machen. Ob ihr das weh tut? Die junge
Frau, die er vor einiger Zeit vom Waldweg in
das Unterholz gezerrt hatte, schrie wie am
Spieß, als er seine Hand zwischen ihre Beine
gesteckt hatte. Durch ihre Jogginghose konnte
er ihre Schamlippen fühlen. Bis er seinen
Overall runtergelassen hatte, war sie abgehauen. Das war schade.

Mitten in seinen Gedanken springt der Motor
des Chevy an. Paule späht durch die Blätter
und sieht den Wagen davon fahren.
Dann schleicht er zur Haustür und stellt
fest, dass sie nicht verschlossen ist. Das
letzte Mal, als er im Inneren dieser Hütte
war, scheint Jahrzehnte her zu sein. Damals
gehörte sie noch dem Förster aus der Gegend.

Er tritt ein und sieht sich um. Auf der
Schlafcouch liegt der geöffnete Trolley, den

der blonde Engel aus dem Auto geholt und in
das Haus gebracht hat. Vorsichtig nimmt er
lederne Flip Flops heraus und legt sie auf
den Tisch. Dann schiebt er einige T-Shirts
zur Seite, wobei ein BH zum Vorschein kommt,
den er herauszieht. Er ist in schlichtem
Schwarz gehalten, versehen mit einer dünnen
Spitze am oberen Rand der Körbchen. Er legt
ihn auf die zur Seite geschobenen T-Shirts
und umschließt mit beiden Händen die stabilen
festen Rundungen des Push-up's. Er hält die
Augen geschlossen und streichelt sanft die
imaginären Brüste, wobei er sich seltsam er-
regt fühlt.
Dann schaut er wieder in den Koffer und entnimmt ihm eine Panty. Er hält den Slip hoch
und stellt sich vor, wie das schwarze Dessous
aus geschmeidiger, verspielter Spitze die
weiblichen Rundungen des Engels zur Geltung
bringt. Er drückt seine Nase hinein. Doch es
riecht wie die frisch gewaschene Wäsche zu
Hause.

Enttäuscht schmeißt er das aufreizende Klei-
dungsstück auf den Koffer, als er die fette,
schwarz behaarte Spinne wahrnimmt, die in der
Hoffnung auf ergiebigere Jagdgründe leicht-
sinnig den Schutz des Sofas verlässt und quer
über den Holzboden zum nächsten Sessel laufen
will.

Paule fackelt nicht lange. Mit einem Satz hat
er sie gepackt: „Na, mein Liebchen. Wohin so
eilig?" Er kniet sich vor den Tisch und setzt
die achtbeinige Schönheit ab. Das verängstig-
te Tier sucht eine Zuflucht. Doch Paule hält
sie an einem der behaarten Beine fest und
freut sich wie ein Kind, dass die Spinne zwar
läuft, doch dabei nicht vorwärts kommt. Mit

Daumen und Zeigefinder der linken Hand greift er ein weiteres Bein - und reißt es raus. Immer noch versucht das Tier verzweifelt zu fliehen. Paule reißt ihr das nächste Bein raus, als der schwarze Wagen auf die Lichtung gefahren kommt.

Erschrocken springt er auf, schlägt mit der Hand die Spinne vom Tisch und will fliehen. Aber er kann ja nicht zur Tür hinaus. Dann würden ihn die Leute sehen. Er dreht sich panisch zweimal um die eigene Achse und rennt dann in das große Schlafzimmer. Sein Asthma macht ihm bei dieser Aufregung zu schaffen. Er öffnet das Fenster und klettert in dem Augenblick hinaus, als Freddy mit einer Einkaufstüte in der Hand die Hütte betritt.

Ein ätzender Kauz

Die anderen folgen ebenfalls Tüten schleppend. Nachdem die Lebensmittel im Küchenbereich abgestellt sind, fangen Freddy und Simon an zu kochen. Sie wollen es sich nicht nehmen lassen, am ersten Abend ein vorzügliches Mahl zu bereiten.

Stefan, Nicole und Angie verschwinden in ihre ausgeknobelten Zimmer.
Jessica möchte ihr Beautycase aus dem Koffer nehmen und wundert sich über das Durcheinander: „Hey, wer von euch hat in meinem Koffer gewühlt?"
Dabei schaut sie Richtung Singleküche und blickt in die verwunderten Gesichter der beiden Jungen, die sich ohne zu antworten wieder den Kochtöpfen zuwenden.

Jessica spricht die Mädchen an: „Hey, Nicole, Angie! Habt ihr was in meinem Koffer gesucht?"

„Nein!", rufen beide wie aus einem Mund.

Stefan brüllt vorsorglich aus dem kleinen Zimmer: „Ich auch nicht!"

Jessica bleibt hartnäckig: „Aber irgendwer hat doch in meinem Koffer rumgewühlt."

Freddy dreht sich wieder um: „Ja, wahrscheinlich du selbst. Wolltest du vorhin nicht andere Schuhe anziehen?"

Jessica: „Ja, hab' ich aber nicht, wie du siehst."

Simon zu Jessica: „Komm, deck schon mal den Tisch. Und stell auch Weingläser hin, falls du welche findest."

Während Jessica den Tisch deckt, wundert sich Nicole im großen Schlafzimmer: „Ich dachte, dass ich das Fenster vorhin zugemacht habe. Jetzt steht es auf. Vielleicht schließt es nicht richtig." Sie drückt gegen das Fenster und sperrt es zu. Angie bleibt ihr eine Antwort schuldig.

Freddy und Simon zaubern eine exzellente Bolognese, die sie mit extra langen Spaghetti servieren.

Gemütlich liegen sie nun zurückgelehnt in den Polstern und genießen den würzigen Rotwein. Das flackernde Kaminfeuer ist die einzige Beleuchtung.

Stefan gähnt und äußert sich dabei kaum verständlich: „Leute, ich bin müde."

Eine Spur zu heftig stellt Nicole ihr Glas auf den Tisch, als sie verkündet: „Du willst doch noch nicht schlafen gehen!? Ich habe etwas mitgenommen, dass wir zum Abschluss des Tages noch zum Einsatz bringen sollten."

Daraufhin verschwindet sie im großen Schlafzimmer, um mit einem Brett zurückzukommen. Es ist ein Hexenbrett, auch unter der amerikanischen Bezeichnung Witchboard bekannt. Nicole stapelt notdürftig das Geschirr zusammen und legt das Brett mit der zugehörigen Planchette auf den niedrigen Tisch.

Stefan stöhnt: „Oh nein. Das kann doch nicht dein Ernst sein."

Nicole: „Doch. Du musst ja nicht mitmachen", und an die anderen gerichtet: „Ihr seid doch dabei – oder?"

Jessica ist wieder hellwach: „Ich habe noch nie bei einer Witchboard-Séance mitgemacht. Ich bin dabei."

Angie begeistert: „Au ja, ich mache auf jeden Fall auch mit."

Freddy und Simon lassen sich von der Begeisterung anstecken und wollen ebenfalls mitmachen.
„Okay", beginnt Nicole eine Erklärung und legt die Planchette in die Mitte des Buchstabenbretts: „Dieser kleine, herzförmige Zeiger hier wird sich gleich auf die Buchstaben oder Zahlen schieben. Die Zeichen, die durch das Loch in dieser Planchette zu sehen sind, sollten wir aufschreiben oder uns merken. Ihr könnt alle möglichen Fragen stellen."

Dann schaut sie Stefan an und fragt auffordernd: „Na, willst du immer noch nicht mitmachen?"

Stefan: „Na, meinetwegen. Ich will ja kein Spielverderber sein.

Nicole weiter: „Bitte legt jetzt einen Finger auf die Planchette. Nicht zu feste. Ich werde die Buchstaben notieren."

Die Freunde legen jeweils einen Finger auf den Holzzeiger. Dann schließt Nicole die Augen und murmelt mit monotoner Stimme: „Ich rufe ein Wesen aus dem Jenseits an dieses Witchboard. Wenn du bereit bist, dann lass' die Planchette kreisen oder bewege sie zu *JA*."

Das trockene Holz knistert im Kamin. Gebannt starren sie auf den Tisch.
Nicole wiederholt mit gleicher monotoner Stimme: „Ich rufe ein Wesen aus dem Jenseits an dieses Witchboard. Wenn du bereit bist, dann lass' die Planchette kreisen oder bewege sie zu *JA*."

Stefan bemerkt trocken: „Deine Geister schlafen wohl schon."

„Halt die Klappe!", faucht Jessica ihn an.

Nicole lässt sich nicht beirren und wiederholt den Geisterruf.
Daraufhin gellt ein grauenhafter Schrei durch die Nacht. Fassungslos schaut Angie die anderen an: „Was war das?"

Freddy beruhigt sie: „Nur ein Vogel. Ein Kauz. Keine Panik. Mach weiter, Nicole."

Nicoles monotone Stimme: „Ich rufe ein Wesen aus dem Jenseits an dieses Witchboard."

Das herzförmige Holzstück vibriert leicht unter den Fingern. Angie reißt erschrocken ihre Hand zurück. Die Planchette bewegt sich langsam auf das Wort *JA*.

Jessica aufgeregt: „Cool, es klappt."

Nicole: „Okay, wir haben Kontakt", und an das imaginäre Geistwesen gerichtet: „Wie heißt du?"

Die Planchette schiebt sich auf den ersten Buchstaben. Simon beugt sich vor und liest laut: „P".
Nicole schreibt ihn auf, als sich das Holzstück auf den nächsten Buchstaben geschoben hat: „A".
Weiter auf: „U". Dann auf: „L". Dann auf: „E". Dann in die Mitte, wo die Planchette verharrt.

Simon: „Was hast du aufgeschrieben?"

Nicole: „PAULE."

Jessica: „Was ist denn das für ein bescheuerter Name?"

In diesem Moment scheppert es dumpf auf dem Grundstück.
Angie, die mit angezogenen Beinen auf der Couch sitzt und noch immer ihre Arme an den Körper gezogen hat, fragt entsetzt: „Hey, was war das?"

Nicole schaut nervös zum Fenster: „Ganz bestimmt kein Kauz. Wieso sind die Fensterläden nicht zu?"
Angie unsicher: „Ich werde kein Auge zukriegen, wenn ich nicht weiß, woher das Geräusch kam."
Jessica mit leiser Stimme: „Ja, mir ist auch wohler, wenn ich weiß, wer oder was das Scheppern verursacht hat."

Stefan lebhaft: „Ja, ja. Ist ja gut." Und an
Freddy und Simon gerichtet: „Kommt, wir
schauen mal nach."

Sachlich fragt Simon: „Okay. Hat jemand eine
Taschenlampe dabei?"

Alle verneinen. Simon schaut in eine Schublade der Singleküche und wird fündig: „Na, wer
sagt's denn?", dabei hält er eine große,
schwarze Mag-Lite in die Höhe und schaltet
sie ein. Die LED-Lampe erhellt den Raum.

Freddy aufmunternd: „Also los!" Er macht eine
Handbewegung zu Simon, dass er voraus gehen
soll.

Jessica: „Ich komme mit."

Nicole: „Ich auch."

Angie ängstlich: „Ihr könnt mich doch nicht
allein lassen."

Jessica aufmunternd: „Na, dann komm auch
mit."

Angie heftig: „Verdammt."

Simon verlässt die Hütte und leuchtet über
die Lichtung. Die anderen folgen unverzüg-
lich. Nach einem kurzen Moment knipst er die
Lampe wieder aus. Der fast volle Mond spendet
ausreichend Licht, um zu erkennen, dass sich
auf der Lichtung nichts und niemand befindet.
In den Wald jedoch kann man nicht hinein-
schauen. Dort herrscht totale Finsternis. Simon löst sich von der Gruppe und geht ein
Stück näher zum Waldrand. Er schaltet die

Mag-Lite wieder ein, um zwischen die Bäume zu leuchten. In diesem Moment raschelt es wie verrückt im Unterholz, als ob jemand wegläuft.

Simon starrt gebannt in den Wald und schwenkt die Taschenlampe hektisch hin und her. Dabei erfasst er mit dem Lichtstrahl die weißen Fellflecken von der Kehrseite einiger Rehe, die tiefer in den Wald hinein flüchten.

Erleichtert dreht Simon sich zur Gruppe und sagt: „Na, das waren wohl die Krawallmacher. Seid ihr jetzt beruhigt?"

Die Freunde sind noch in der gerade erlebten Situation gefangen und unfähig zu antworten.

Plötzlich reißt Simon wild und unkontrolliert die Arme hoch. Dabei gibt er einen unmenschlichen Schrei von sich. Die Augen sind schrecklich weit aufgerissen. Seine Körpermitte verbiegt sich eigenartig, als ob ihn jemand von hinten am Hosenbund in den Wald zerren will. Er wehrt sich vergebens dagegen. Rückwärts verschwindet er immer weiter im Wald.

Er dreht sich um, fuchtelt mit den Armen und schreit: „Lass mich los, du hässliche Kreatur!"

Die anderen können nicht erkennen, gegen was er sich zur Wehr setzt. Gerade als Stefan und Freddy ihren Schockzustand überwinden und zum Sprint ansetzen wollen, ist es totenstill. Simon ist weder zu sehen noch zu hören. Er ist einfach verschwunden.

Die Freunde starren wie hypnotisiert auf den Waldrand, als es kurz ein paar Mal knackt und Simon auf die Lichtung tritt. Wie bei einem Bühnenauftritt streckt er seine Hände seitlich, um sich selbst zu präsentieren: „Tada! Überraschung! Hier bin ich wieder!" Dann lacht er schallend los.

Freddy ernst und immer noch geschockt: „Witzig, Mann."
Stefan stimmt ihm zu: „Ja, du Vollidiot. Ich dachte schon, dass ich dich stückchenweise aus dem Wald holen muss."

Angie und Nicole können noch gar nicht sprechen und Jessica überspielt ihr Entsetzen, indem sie abwertend meint: „Simon wie er leibt und lebt. War in der Schule schon nicht anders. Tolle Vorstellung."

Damit dreht sie sich um und läuft Richtung Jagdhütte. Da sie sich nun leicht schräg dem Wintergarten nähert, fällt ihr ein kleiner Gebäudeteil auf, der hinter dem Wintergarten an das Haus angebaut ist.

Sie leuchtet mit ihrem Handy auf den kleinen, fensterlosen Anbau und fragt: „Wofür mag das gut sein? Von innen gibt es keine Tür, die dort hinein führt."

Simon tritt neben sie und leuchtet ebenfalls mit der Taschenlampe auf den Anbau, der ihnen vorher nicht aufgefallen war.
Die Freunde grübeln schweigend, als der Kauz erneut furchterregend schreit.

Angie fährt erschrocken zusammen und ergreift ängstlich Nicoles Hand. Weswegen sich auch Nicole gleich ein wenig ruhiger fühlt.

Stefan und Freddy sind zwar neugierig, doch lassen sie Simon mit der Taschenlampe den Vortritt.
So erreichen Simon und Jessica schleichend den Anbau und stellen fest, dass er keine Fenster hat.
Jessica fragt: „Was mag darin sein?"

Freddy gibt zu: „Ich bin nicht sicher, ob ich das wissen will."

Der Kauz schreit.
Nicole zischt zornig: „Mistvieh! Halt endlich deinen Schnabel oder ich dreh dir den Hals um."

Angie droht schon wieder: „Ich will hier nicht schlafen, wenn ich nicht weiß, was in dem Anbau ist."

Freddy streift an dem Anbau vorbei, der mit der Rückseite fast an den Wald grenzt. „Hey, leuchte mal hier hin", fordert er Simon auf.

Der kommt näher und schickt den Strahl um die Ecke, hinter der Freddy jetzt verschwindet.
„Hier ist eine Tür", stellt Freddy fest.

Simon hält den Lichtstrahl auf die einfache Holztür gerichtet. Jessica leuchtet mit ihrem Handy in die gleiche Richtung. Nun drängeln alle um die Ecke und bestaunen die verschlossene Tür.

„Es riecht hier eigenartig", stellt Nicole fest.

Stefans logische Schlussfolgerung: „Es riecht eben nach dem modrigen Wald."
Freddy drückt langsam die Klinke runter. Die Tür müsste sich nach innen öffnen. Nichts bewegt sich. „Abgeschlossen", stellt er überflüssig fest.

Er rüttelt daran. Er rüttelt stärker. Nichts bewegt sich so richtig.
Dann rammt er seine Schulter dagegen.

Nicole fordert ihn resolut auf: „Mann, hör auf damit. Du zerstörst fremdes Eigentum."

Angie meint hysterisch: „Das ist doch jetzt scheißegal. Ich bleibe nicht hier, wenn ich nicht weiß, was hinter dieser Tür ist."

„Okay", seufzt Freddy und dreht sich zu Stefan um. „Dann hilf mir mal."

Auf *drei* rammen beide mit der Schulter gegen die Tür, die daraufhin aufspringt.

Beide fallen, angetrieben durch die eigene Wucht, in den Raum, der nun von Simons Taschenlampe und Jessicas Handydisplay schwach erhellt wird.

Freddy segelt der Länge nach in den Raum und kracht mit der Schulter vor einen länglichen, weichen Gegenstand. Instinktiv klammert er sich an dem Ding fest und blickt in ein totes, großes, braunes Auge, an dessen unterem Rand das Weiße sichtbar ist. Völlig entsetzt lässt er augenblicklich die Hände los, knallt

zu Boden, wo er sich mit seinen Füßen sofort
nach hinten weg katapultiert, um mit Wucht
vor die Bretterwand zu donnern.

Stefan stürzt zeitgleich und kommt nach einer
halben Drehung auf dem Rücken zum Liegen. Er
blickt knapp über sich auf ein geöffnetes
Maul mit kurzen gelben Zähnen und heraushän-
gender Zunge. Er brüllt unmenschlich, bis
Freddy beherzt zupackt und ihn am Arm unter
dem Maul mit den gelben Zähnen weg reißt.

Angie kreischt wie am Spieß und drückt ihr
Gesicht in Nicoles Schulter.
Jessica beruhigt sie hektisch und eine Spur
zu ungeduldig: „Es sind tote Rehe. Halt die
Klappe!"

Die Jungen rappeln sich auf und springen
flink aus dem Anbau.
Freddy hat sich einigermaßen wieder unter
Kontrolle, als er angewidert, doch erleich-
tert bemerkt: „Nichts Dramatisches. Wir haben
schließlich eine *Jagdhütte* gemietet."
Alle schauen angespannt auf die sechs toten
Rehe, die in zwei Reihen aufgehangen sind und
sich nun friedlich und sanft im Schein der
Lampen hin und her wiegen.

Der Kauz kreischt.
Freddy und Stefan klopfen sich den Staub ab
und verschließen die Tür so gut es geht.
Bedrückt kehren alle zurück in die Hütte.
Sorgfältig verschließen sie die Eingangstür
und die Fensterläden.
Nach einer Fortsetzung ihrer Séance ist nie-
mand mehr zumute.

Freudlos sitzen die Freunde schweigend bei-
sammen und hängen ihren tristen Gedanken
nach.
Bis Stefan den Rest seines Weines runter
kippt und meint: „Ich leg mich ins Bett. Mir
reicht die Aufregung für einen Tag."
Die anderen leeren ebenfalls ihre Gläser und
legen sich schlafen.

Heißer Kaffee

Jessica wird von Geschirrgeklapper und dem Röcheln der Kaffeemaschine geweckt. Ein Geräusch, das darauf schließen lässt, dass der Kaffee fertig ist. Sie braucht einen kurzen Moment, um sich zu orientieren: *Ach ja, der Couchtisch ist zur Seite gestellt, weil das Schlafsofa ausgeklappt ist. Für die Aufregung gestern habe ich erstaunlich gut geschlafen. Das lag bestimmt am Wein,* denkt sie und fragt: „He Simon, ist der Kaffee fertig?"

Simon neckisch: „Was ist denn dass für eine Begrüßung? Es muss heißen: *Guten Morgen, lieber Simon. Das ist aber schön, dass du dich um das Frühstück kümmerst.* Aber ja, der Kaffee ist gerade durch."

Liegend reckt Jessica sich und streicht über ihr Gesicht. Dann setzt sie sich auf die Klappbettkante und reckt sich noch einmal. Die Tür zum Etagenbettschlafzimmer öffnet sich. Stefan erscheint im Türrahmen. Seine Haare stehen genauso ab wie gestern. *Eigentlich sehr praktisch*, denkt Jessica, während sie sich mit ihren Fingern durch das hüftlange Haar streicht.

„Morgen", murmelt Stefan. Und verschwindet gleich um die Ecke ins angerenzende Badezimmer.

Jessica steht auf, zubbelt sich ihre dünne Jogginghose zurecht, legt das Bettzeug zusammen und steckt es in den Bettkasten. Simon kommt ihr zu Hilfe und verwandelt die Schlafcouch wieder in ein Sitzmöbel.

Jessica füllt zwei Henkeltassen mit Kaffee
und reicht eine davon Simon, der gerne zu-
greift.

Freddy kommt aus dem kleinen Zimmer und lässt
sich gleich auf den nächsten Sessel fallen.
Ungefragt reicht Jessica ihm ihre Kaffetasse,
die er dankbar annimmt, und füllt sich selbst
eine neue.
Nun kommt Stefan aus dem Bad und richtet einen schmachtenden Blick auf den dampfenden
Kaffee in Jessicas Tasse. „Ist ja schon gut",
jammert sie scherzhaft, gibt ihre gerade ge-
füllte Kaffeetasse erneut ab und verschwindet
im Bad.

Stefan setzt sich auf das Sofa, schlürft an
seinem Kaffee und bemerkt: „Mensch, das war
ganz schön heftig gestern. Was, Freddy? Die
toten Rehe haben uns ganz schön erschreckt."

Freddy grinsend: „Ja, dich ganz besonders. Du
hast gebrüllt wie ein altes Waschweib."

Ein Krachen gegen die Hauswand lässt die Männer zusammenzucken. Stefan verschüttet heißen
Kaffee auf seine Boxer-Shorts und flucht beim
Aufspringen: „Verdammte Scheiße! Was ist denn
jetzt schon wieder los?"

In diesem Augenblick öffnet Angie die Tür zum
großen Schlafzimmer, in dem Nicole gerade das
Fenster schließ, um es anschließend in die
Kippposition zu bringen.

Angie betritt den Raum und fragt erstaunt:
„Was ist los?"

Auch Nicole gesellt sich, angelockt vom Kaf-
feeduft, zu den anderen und stellt weitere
Fragen an die verwirrten Männer: „Was ist?
Spinnt ihr?"

Simon erleichtert: „Keine Panik, Männer. Nur
der Fensterladen, den Nicole vor die Hauswand
geknallt hat."

Alle finden das ziemlich witzig. Nur Stefan
hat noch ein Problem mit seinem verbrühten
Oberschenkel.

Fluchtweg

Nachdem sie zusammen ein ausgedehntes Frühstück genossen haben, möchte Nicole gerne zur mittelalterlichen Burg, die sich in der Nähe der alten Jagdhütte befinden soll.

So fragt sie auffordernd in die Runde: „Wer hat Bock zur Burg zu gehen? Das Wetter ist super und Burgen sind immer spannend." Dann spricht sie mit einer Stimme weiter, die unheimlich klingen soll: „Denkt an die Kerker und Folterkammern!"

Jessica lachend: „So wie du das sagst, klingt das wie eine Einladung zum Kindergeburtstag. Aber ich komme trotzdem mit."

Nicole: „Ich auch!"

Die Männer haben keine rechte Lust zu wandern. Sie wollen lieber chillen.
Bekleidet mit Jeans, Turnschuhen und T-Shirt verabschieden sich die Frauen und machen sich im herrlichsten Sonnenschein auf den Weg.

Gleich von dem befahrbaren Waldweg, der sie hierher geführt hat, führt ein Wanderweg in den Wald. Er ist ein wenig verwildert. Das lässt die Vermutung zu, dass er nicht oft begangen wird.

Die drei albern herum und lästern über gemeinsame Bekannte, als sie kurz darauf einen Bach erreichen, dessen Plätschern sie vorher schon gehört haben. Eine schmale, schlichte Holzbrücke, ohne seitliche Sicherung, führt über das unruhige Wasser. Ausgelassen überqueren sie Hintereinander diese Bretterkonstruktion. Nicole breitet ihre Arme aus und stellt immer einen Fuß genau vor den anderen. So demonstriert sie Hochseilakrobatik. Angie bewegt ihre Füße und Arme, als ob sie Inliner läuft – bis sie ausrutscht, auf ihr Knie fällt und fast ins Wasser stürzt. Jessica, die das Drama mit ansehen muss, weil sie hinter Angie läuft, hält sich erschrocken eine Hand vor den Mund.

„Autsch!", quietscht Angie.

Nicole dreht sich um und schaut belustigt zu, wie sich Angie aufrichtet, ihr Knie reibt und mit einer schauspielerischen Glanzleistung von der Brücke humpelt.
Nicole und Viven versuchen erst gar nicht, sich ein herzhaftes, schadenfrohes Lachen zu verkneifen.
Jessica beschränkt sich vorsichtshalber darauf, über diese Holzbretter *normal* zu gehen.

Das schmerzende Knie hat Angie schnell vergessen. Neugierig auf die mittelalterliche Burg wandern sie weiter.
Hinter einer Biegung teilt sich der Weg. Ein Teil führt geradeaus weiter und der andere Teil rechts um einen Hügel herum.

Nicole bleibt stehen, dreht sich zu den beiden anderen und fragt: „Und jetzt? Weiter geradeaus oder am Hügel entlang?"

Bevor sie eine Antwort bekommt, sieht sie auf dem Weg, den sie gerade gegangen sind, einen Menschen, der in diesem Augenblick um die Biegung kommt.

Sie versteht nicht sofort, was sie sieht. Es scheint, als ob der Mann auf einem überdimensionalen Tretroller fährt. Ihre Frage über die Richtung ist noch nicht beantwortet, als sie leise weiterspricht: „He, schaut mal da hinten. Kommt der Typ da mit einem Roller angefahren?"

Jessica und Angie drehen sich um und sehen auch den Mann, der neben seinem Roller steht und ihn festhält. Er steht einfach nur da, in seinem blauen Arbeitsoverall, und glotzt in ihre Richtung.

Angie fragt naiv: „Ob das ein Waldarbeiter ist?"

Viven: „Na klar. Wahrscheinlich transportiert er mit dem Roller die Bäume aus dem Wald."

Nicole: „Was hat er denn? Wieso glotzt der so blöd?"

Dann ruft sie in seine Richtung: „Hallo! Können sie uns sagen, wie wir zur Burg kommen?"

Doch statt einer Antwort reißt der Typ seinen Roller herum und verschwindet hinter der Biegung, wie er gekommen ist.
Die drei schauen sich verständnislos an.

Jessica: „Das ist ja eigenartig. Hat der etwa Angst vor uns?"

Nicole beleidigt: „Na, dann eben nicht.
Kommt, lasst uns um den Hügel laufen."
Wolken schieben sich vor die Sonne und nehmen dem Tag die Freundlichkeit. Schweigend folgen

sie dem Weg, der sich am Fuße des Hügels entlang schlängelt.
Angie geht der Typ nicht aus dem Kopf. Sie dreht sich dauernd um, ob er vielleicht wieder hinter ihnen ist. Links neben ihnen, ein Stück weiter im Wald, fliegen einige aufgeschreckte Wildtauben mit klatschenden Flügeln aus den Baumkronen davon. Abrupt drehen sich die Mädchen um und starren angespannt in diese Richtung. Angie meint, zwischen den Bäumen etwas Silbernes blinken zu sehen und flüstert entgeistert:
„Ich glaube, da ist der Typ von vorhin wieder."

Jessica: „Wo?"

Angie: „Ich habe den Roller da hinten zwischen den Bäumen gesehen", dabei zeigt sie mit dem Finger.

Alle drei schauen aufmerksam in den Wald.
Nicole: „Bist du sicher?"

Angie: „Ich denke schon."

Jessica: „Kommt, lasst uns weitergehen. Ich finde das irgendwie unheimlich."

Angie: „Sollen wir nicht lieber zurückgehen?"

Nicole: „Auf keinen Fall. Wir lassen uns von so einem Deppen doch nicht die Tour vermasseln."

Die Unbeschwertheit, mit der sie die Strecke anfangs zurückgelegt haben, ist endgültig futsch. Sie gehen zwar zügig weiter, doch be-

obachten sie immer wieder den Wald zu ihrer
linken Seite.

In dem Augenblick, als Jessica wieder schaut,
sieht sie, wie der Typ mit dem Roller hinter
einer Baumgruppe auftaucht und ärgert sich:
„Da ist der Trottel tatsächlich wieder. Er
schiebt den Roller quer durch den Wald, statt
auf dem Weg zu bleiben. Was soll das denn?"

Angie beschwörend: „Kommt, lasst uns schneller gehen. Ich will so schnell wie möglich
bei der Burg ankommen, wo noch andere Leute
sind."

Sie legen einen Schritt zu, wobei sie sich
ständig unsicher umschauen.
Der Typ wird ebenfalls schneller. Er ist zwar
nicht oft zu sehen, doch hören sie ihn immer
wieder, wie er sich einen Weg durch den Wald
bahnt.

Die Mädchen fangen an zu laufen. Der Weg
steigt nun leicht an und verschwindet hinter
einer Rechtskurve. Dass der Typ sie weiter
verfolgt, ist nicht zu überhören.

Der Hügel wird felsiger und Nicole entdeckt
eine Art Höhle.
„He, schaut mal da vorne. Das ist eine Gele-
genheit uns zu verstecken, bis der Idiot keine Lust mehr auf uns hat."

Zu dem dunklen Eingang führt ein steiler,
kurzer Weg abwärts, dessen Wände nach unten
hin höher werden und der am Ende in drei
steinige Stufen übergeht. Der Eingang ist
mannshoch.

Atemlos verschwinden die Mädchen in dem dunklen Loch. Nicole schaltet ihr Smartphone ein. In dem Licht erkennen sie, dass der Gang weiter in den Berg hinein führt. Sie folgen dem Gang für ungefähr zwanzig Meter, als sie stoppen.

Angie will gerade etwas sagen, als Jessica abwinkt und sagt: „Psst. Seid mal ruhig."

Bis auf ihren immer noch schnellen Atem ist es totenstill. Die Geräusche des Waldes dringen nicht bis hierher.
Im Schein des Handys erkennen sie, dass sie sich in einem von Menschenhand angelegten Gang befinden. Wände und Decken sind gemauert, der Lehmboden ist wie Beton.

Nicole: „Was mag das sein? Eine Miene?"

Angie: „Keine Ahnung. Vielleicht eine Schutzeinrichtung aus dem Zweiten Weltkrieg?"

Jessica winkt erneut scharf mit der Hand: „Psst. Ruhig!"

Gebannt halten sie die Luft an. Ein schwaches Geräusch ist zu hören. Es kommt definitiv näher und sie identifizieren es als schweres Atmen.

Angie flüstert bestürzt: „Ach, du Scheiße. Er kommt uns hinterher."

Nicole aufgebracht: „Los, weiter den Gang entlang. Schnell und leise."

Mit ihren Turnschuhen können sie sich fast geräuschlos über den Lehmboden bewegen – bis

sie an eine alte, verschlossene Gittertür gelangen, die schon bessere Tage gesehen hat.

„Verdammt!", flucht Jessica leise.

Angie leuchtet die Gitter ab und lässt den
Schein auf einem verrosteten Vorhängeschloss
verweilen. Dieses Schloss hält eine ebenfalls
rostige Kette, die sich um den letzten Git-
terstab der Tür und einen in die Mauer einge-
lassenen Metallring schmiegt.

Als sie fassungslos auf diese Konstruktion
starren, hören sie das schwere Atmen, das an
einen Asthmakranken erinnert, näher kommen.
Im Nu schaltet Jessica ihr Handy ebenfalls
ein und leuchtet hektisch den Boden und die
Wände ab. Auf der anderen Seite entdeckt sie
eine Fackel, die in einem metallenen Wandhal-
ter unmittelbar hinter der Tür steckt.
Sie zwängt sich bis an die Schulter durch
zwei Gitterstäbe und schafft es knapp, die
stabile Holzfackel aus der Halterung zu ziehen.
Sie steckt sich ihr Handy in die Jeanstasche
und schlägt gezielt mit dem Holzstück auf das
Schloss ein.

Angie hält weiterhin den Schein ihres Handys
auf das Schloss gerichtet, das den Schlägen
verzweifelt standhält. Nicole schnappt bald
über, als sie abwechselnd in den dunklen Gang
starrt und auf das verflixte Schloss. Sie erwartet, jeden Moment von dem unheimlichen Typen im blauen Overall gepackt zu werden.

Im letzten Moment springt das Schloss auf und
Jessica schubst die Gittertür auf. Sie
schmeißt das gute Stück Holz zu Boden, und

die drei rennen wie Verrückte im schwachen
Schein des Smartphones durch den anschließen-
den, etwas breiter werdenden Gang.
Kurz nach diesem leidigen Hindernis erreichen
sie einige Stufen, die sie rasch erklimmen.
Von dem Typen ist im Moment nichts zu hören.

Auf der obersten Stufe angekommen, stehen sie
vor einer massiven Eichentür. Viven drückt
erwartungsvoll die Klinke herunter und kann
kaum glauben, dass die Tür sich aufdrücken
lässt.

Sie schlüpfen alle drei hindurch und verschließen sie hinter sich. Jessica und Nicole
kramen nun ebenfalls ihre Handys aus der Tasche und leuchten umher. Sie befinden sich in
einer Art niedrigen Kellerraum. Die nackten
Wände und der Lehmboden sind feucht, die Luft
ist modrig und stickig. Gegenüber entdecken
sie eine steinerne Treppe die nach oben
führt. Schnell überqueren sie den glitschigen
Boden, um die Treppe hinauf zu steigen. Jessica hat die ersten Stufen erreicht, als Angie mal wieder ausrutscht und furchtbar hart
auf ihr Steißbein knallt.

Mit dem Gedanken an den sie verfolgenden Ty-
pen verbeißt sie sich im letzten Moment einen
Aufschrei.
Lediglich ein wütendes, leises: „Verdammte
Scheiße!", entweicht ihren Lippen.

Nicole hilft ihr auf und stützt sie bis zur
Treppe. Dort nimmt Jessica sie an die Hand
und Nicole schiebt sie fast hinauf, bis sie
erneut vor einer Holztür stehen.

Das Glück ist in diesem Moment mit ihnen. Das Türblatt lässt sich ebenfalls aufdrücken und führt in einen großen, wohnlichen Raum. Sie stellen fest, dass die eben durchquerte Tür das Seitenteil eines imposanten Kleiderschrankes ist, der in eine Ecke des Raumes gebaut wurde. Die Zimmerwände sind hell getüncht, wunderschönes, altes Eichenparkett ziert den Boden, sonst schmückt kein weiteres Möbelstück den Raum.

Viven staunt: „Ich werd verrückt. Das ist ein Geheimgang."

Angie ungeduldig: „Gut und schön. Doch lasst uns verschwinden, bevor der Typ hier auftaucht."

Sie verlassen den Raum und finden sich in einem langen, breiten Flur wieder. Die Wände sind aus dicken, grauen Steinen gemauert. Auf dem Boden liegt ein endlos langer, dunkelroter Läufer. Es sind vier Türen zu erkennen, zwei auf der rechten und zwei versetzt auf der linken Seite des Flures. Vereinzelt stehen Möbelstücke vor den Wänden.

Die Standuhr

Männerstimmen sind zu hören. Laute Männerstimmen, die heftig streiten. Die Mädchen
schauen sich unsicher an.

Jessica leise: „Lasst uns unauffällig den
Flur entlang gehen und einen Ausgang suchen.
Zurück gehe ich auf gar keinen Fall."

Jessica geht vor. Angie humpelt mehr schlecht
als recht hinterher und Nicole schleicht hinter beiden her. So bewegen sie sich langsam
den Flur entlang. Der dunkelrote Läufer ver-
einfacht es ihnen, relativ geräuschlos zu
laufen.

Trotz der massiven Eichentür auf der rechten
Seite, verstehen sie jedes der wütend ge-
brüllten Worte in diesem Zimmer:
„Wie kannst du nur so bescheuert sein und die
Hütte vermieten? Auch noch an Jugendliche,
die überall rumschnüffeln! Was hast du dir
nur dabei gedacht, du dämlicher Vollidiot?"

Danach hören sie ein heftiges Klatschen und
Gepolter.
Eine leise Stimme rechtfertigt sich: „Ich
dachte, dass es eine gute Tarnung ist."

Die cholerische Stimme: „Steh wieder auf, bevor ich dir die Eingeweide aus dem Leib tre-
te."
Dann weiter: „Was ist, wenn sie die Waffen
entdecken?"

Bei dem Wort *Waffen* dreht sich Jessica erschrocken zu ihren Freundinnen um. Sie kräu-

selt die Stirn und formt mit ihren Lippen tonlos das Wort: „Waffen?"

In diesem Augenblick bleibt Angie mit einem Schnürsenkel ihres Turnschuhs an einem der drei verschnörkelten Beine eines hohen Kerzenständers hängen.

Die cholerische Stimme hinter der verschlossenen Tür flucht immer noch ununterbrochen, als Angie mit dem Fuß eine Vorwärtsbewegung macht.

„Nicht, Angie!", presst Jessica hervor und macht gleichzeitig eine abwehrende Geste mit ihren Händen. Doch es ist zu spät. Angies Schritt wird gebremst, wodurch sie unfreiwillig auf ihre Knie kippt. Der Kerzenständer schwankt und kracht mit einem irrsinnigen Getöse auf den Fußboden, dass es nur so scheppert. Den Dreien gefriert auf der Stelle das Blut in den Adern.

Die cholerische Stimme bricht abrupt ab, um sofort in gleicher Tonlage wieder einzusetzen: „Verdammt! Was war das?"
Stille.
Dann die gleiche Stimme: „Seht nach, ihr Idioten!"

Jessica reagiert spontan, indem sie die schmale Tür einer wuchtigen Standuhr öffnet, die unmittelbar vor ihr steht und im Inneren zwischen Pendel, Ketten und Gewichten, verschwindet. Nicole blickt unentschlossen zwischen der riesigen Uhr, deren Tür gerade von innen zugezogen wird und der auf dem Boden knienden Angie hin und her, als die schwere Eichentür gegenüber aufgerissen wird und vier

dunkelhaarige, verwegene Männer in den Flur
stürmen. Zwei davon halten eine Pistole in
der Hand.

Sie staunen nicht schlecht, als sie die ent-
setzten jungen Frauen neben dem umgefallenen
Kerzenständer sehen.

Einen der Waffenträger kleidet ein bodenlan-
ger, schwarzer Ledermantel. Zu ihm gehört die
ihnen schon bekannte Stimme, die auch gleich
los brüllt: „Was zum Teufel macht ihr hier?",
dabei lässt er seine Waffe sinken.

Auch der andere Mann mit der Waffe im Anschlag, ganz in schwarz gekleidet mit einem
Rollkragenpullover, einer Cargohose und
Springerstiefeln, lässt seine Waffe sinken
und blickt verdutzt auf die Szenerie.

Noch bevor den Mädchen eine Antwort einfällt
kommandiert der Mann im Ledermantel, ohne die
Mädchen aus dem Blick zu lassen: „Hans! Rolf!
Packt sie euch!"

Hans und Rolf, die wie ihr bewaffneter Kolle-
ge Uwe in schwarz gekleidet sind, erreichen
mit einem Satz die zwei Frauen. Angie, die
immer noch neben dem Kerzenständer kniet,
wird unsanft in die Höhe gerissen, während
Nicole von Rolf hart am Unterarm gepackt
wird.

„Bringt sie in die alte Vorratskammer hinter
der Küche!", kommandiert der Ledermantel.

Jessica traut sich kaum zu atmen. Sie hockt
verkrampft in der Standuhr und bekommt jedes
Wort mit. Auch die sich jetzt entfernenden

Schritte. Außer dem erschreckten Schrei von
Angie, als sie vom Boden gerissen wurde, haben die Mädchen keinen Ton von sich gegeben.

Jessica denkt kurz über die Situation nach
und kommt zu dem Schluss, dass es am sinnvollsten ist, wenn sie zurück zur Hütte läuft
und zusammen mit den Jungen die Polizei ver-
ständigt.
Nun muss sie nur noch unbemerkt hier verschwinden. Am besten auf dem gleichen Weg,
wie sie hier hereingekommen sind.
Langsam schiebt sie die Tür der Standuhr einen Spalt breit auf und horcht angestrengt.
Als nichts zu hören ist, drückt sie die Tür
weiter auf, bis sie einen Teil des Flures
einsehen kann. Niemand reißt sie aus der Uhr
oder schreit sie an. Also wagt sie einen Fuß
auf den roten Läufer zu setzen und vorsichtig
in den Gang zu lauern. Dieser ist menschen-
leer.
Behutsam verlässt sie ihr Versteck, wobei sie
sorgsam darauf achtet, dass die Ketten und
das Pendel keine Geräusche verursachen. Sie
läuft die kurze Strecke zurück in den Raum
mit dem Geheimgang, um im Schrank zu verschwinden.

Sie schaltet ihr Smartphone ein und bewegt
sich in dem schwachen Licht rasch und so leise wie möglich, die Steintreppe hinunter in
den modrigen Kellerraum. Unten angekommen
lauscht sie kurz. Totenstille.
Also weiter über den feuchten Boden durch die
nächste Tür. Erneut einige Stufen hinunter
bis auf den Lehmboden, des an dieser Stelle
breiten Tunnelgangs mit den gemauerten Wänden.

Sie überlegt, dass sie als nächstes die auf-
gebrochene Gittertür erreichen wird, als sie
ein Geräusch hört.
Schlagartig fällt ihr der Verrückte in dem
blauen Overall ein, der sie hierher verfolgt
hat.
Doch sie nimmt es lieber mit einer verrückten
Person auf, als mit vier bewaffneten Männern.
Sie erinnert sich an die Fackel, die neben
der Gittertür auf dem Boden liegen muss.
Rasch eilt sie vorwärts und findet sie tatsächlich dort, wo sie sie hingeworfen hat.
Sie bewaffnet sich damit und presst sich
gleich neben dem Mettallring, an dem noch die
Kette mit dem aufgebrochenen Schloss hängt,
mit dem Rücken an die kalte Wand. Sie will
ihr Handy ausschalten, damit sie nicht sofort
wahrgenomen wird. Das gleitet ihr jedoch aus
der Hand und knallt zu Boden. Dadurch schaltet sich ihr Smartphone selber aus. *So ein
Mist*, denkt sie.

In der Dunkelheit tastet sie über den Lehmboden. Sie hat Glück und findet das Handy in
einem Stück wieder.
Dann nutzt sie die Nische aus, die sich hier
ergibt, weil der Gang hinter der Tür breiter
ist und wartet aufgeregt auf den Irren.

Die Wurzelfalle

Die Mädchen waren gerade weg, als Simon vor-
schlägt:
„Was haltet ihr davon, wenn wir uns diesen
Anbau noch mal bei Tageslicht anschauen?"

Stefan lustlos: „Ohne mich. Ich steh' nicht
so auf behaarte Leichen."

Freddy voller Elan: „Ich bin dabei. Die Tür
haben wir eh schon aufgebrochen."

Stefan lehnt sich bequem in dem Sessel zurück
und schaltet den Fernseher ein, während die
beiden anderen die Hütte verlassen.

Am Anbau hängt die Tür leicht schief in den
dunklen Raum hinein, das Schloss in der Türz-
arge ist halb heraus gebrochen.

Es riecht strenger als gestern und Freddy
wundert sich: „Eigenartig, dass die Rehe
nicht in einem Kühlhaus untergebracht sind.
Die kann doch kein Mensch mehr essen."

Simon drückt langsam die Tür auf und knipst
die Mag-Lite an, die er wieder mitgenommen
hat: „Vielleicht werden sie zu Hundefutter
verarbeitet."

Er leuchtet die Kadaver und die Wände ab.
Dann stoppt er den breiten Lichtstrahl bei
einer altertümlichen, batteriebetriebenen
Wandlampe, an deren unterem Ende die Schnur
zum Einschalten baumelt.

Simon drückt sich an dem ersten Reh vorbei und zieht an der kurzen Schnur: „Voila. Es werde Licht."

Freddy tritt nun ebenfalls ein und hält sich eine Hand vor die Nase: „Bah, das stinkt erbärmlich."

Simon hat die hintere Wand erreicht und betrachtet nachdenklich die an den Hinterläufen zusammengebundenen und aufgehängten Tierleichen in dem sonst leeren Raum.
Seine Aufmerksamkeit gilt den aufgeschlitzten Bäuchen der Tiere. *Sie scheinen also schon ausgeweidet zu sein,* denkt er. Ein in der Beleuchtung hell schimmerndes Stück Plastikfolie im Inneren eines der Tiere, direkt vor seiner Nase, erweckt sein Interesse. Er greift den Zipfel des durchsichtigen Stücks Plastik und zupft daran.

Freddy tritt neben ihn und fragt verwundert: „Was ist das?"

Simon: „Das wissen wir gleich."

Er zieht rabiater an der Folie und reißt mit Schwung drei eingeschweißte Handfeuerwaffen aus dem Reh.
Er hält seine Hand hoch in die Luft und beide bestaunen fassungslos den Fund.

„Ach, du Scheiße", gibt Simon entgeistert von sich.

Freddy ironisch unbehaglich: „Ich hab kein gutes Gefühl."

Dabei drückt er auf den Bauchschlitz des daneben hängenden Tieres und fischt zwei ebenfalls eingeschweißte Gewehre aus dem Bauch.

Simon, der noch immer die Pistolen in der Hand hält, fragt: „Verdammt, was machen wir jetzt?"

Freddy sachlich: „Wir reisen ab." Und etwas hektischer: „Komm, wir stopfen das Zeug wieder zurück und dann nichts wie weg hier."

Minuten später stürzen sie in die Hütte. Erstaunt blickt Stefan vom Fernseher zu seinen Freunden, die ihm das Erlebte hastig berichten.

Ungläubig fragt Stefan: „Spinnt ihr? Wollt ihr mich verarschen?"

Simon gereizt: „Nein, Mann. Komm schon. Wir schmeißen unseren Kram ins Auto und hauen ab, sobald die Mädchen zurück sind."

Stefan: „Wenn das wirklich stimmt, dann sollten wir zuerst die Mädchen zurückholen. Wer weiß, wie viel Zeit die sich mit ihrer Burgbesichtigung lassen."

Freddy lenkt ein: „Klingt vernünftig. Also dann los."

Sie verlassen die Hütte und folgen dem gleichen Weg, den die Mädchen vorher eingeschlagen haben. Es gibt eh keine andere Möglichkeit, außer der Weg zur Straße, den sie mit dem Wagen gekommen sind.

Im Laufschritt eilen sie durch den Wald, bis
sie den Bach erreichen. Stefan betritt die
abenteuerliche Holzbrücke als Erster.
Ihm fallen die Spuren von Angies imaginärer
Inlinerfahrt und ihrem Ausrutscher auf: „Seht
mal, diese breiten Streifen hier sind frisch.
Sieht aus, als wäre hier vor Kurzem jemand
drüber gerutscht."

Simon: „Wenn das die Mädchen waren, sind sie
hoffentlich noch nicht so weit."

Freddy, der nun ebenfalls die Brücke betritt:
„Was ist, wollt ihr Wurzeln schlagen? Ich
will weg hier aus der Gegend."

Zügig folgen sie dem Weg weiter durch den
Wald, bis zu einer Weggabelung. Hier ent-
scheiden sie sich, dem rechten Verlauf zu
folgen, der um einen Hügel herum zu führen
scheint. Bis Stefan abrupt stehenbleibt.

Freddy ungeduldig: „Was ist denn jetzt schon
wieder?"

Stefan zeigt mit ausgestrecktem Arm links vom
Weg: „Seht mal, da lehnt ein Tretroller an
einem Baum."

Simon und Freddy schauen in die angezeigte
Richtung.
Noch bevor sich einer laut über das seltsame
Ding wundert, kommt auf der anderen Seite des
Weges ein Typ in einem blauen Overall zwischen einigen zarten Bäumchen und Farnpflan-
zen hervorgeschossen. Er überquert den Weg
mit einem Sprung und hastet zu dem Roller mit
den dicken, großen Reifen.

Simon brüllt: „HEY, bleib stehen!"

Doch Paule reagiert nicht. Er stellt sich auf das breite Trittbrett und flüchtet mitten durch den Wald.

Stefan verwundert: „Was war denn das?"

Simon ratlos: „Keine Ahnung. Doch lasst uns nachschauen, woher er gekommen ist."

Noch vom Weg aus entdecken sie den kurzen, steilen Weg mit den Stufen am Ende, der sie zu dem Geheimgang bringt.

Stefan ratlos: „Und jetzt?"

Simon: „Wir sollten wenigstens kurz nachsehen. Vielleicht sind die Mädchen auch hier reingegangen."

Freddy unwirsch: „Was soll der Scheiß? Wir sollten die Mädchen suchen."

Simon ungeduldig: „Wir sind dabei. Du kannst ja hier draußen warten."

Selbstverständlich verschwinden alle drei in dem Geheimgang.
Stefan hat sein Handy eingeschaltet und sie folgen dem Verlauf des Ganges.

Freddy, der das Schlusslicht bildet: „Alles gut und schön, doch wie lange wollt ihr hier wertvolle Zeit verlieren? Die Mädchen sind doch niemals hier reingegangen."

Simon: „Mann, hör auf zu jammern. Auf zehn Minuten kommt es wohl nicht an."

In Stefans Handyschein wird eine Gittertür
sichtbar: „Hey, schaut mal da vorne. Sieht
aus wie eine alte Gittertür."

Stefan und Simon, der hinter ihm geht, schau-
en interessiert auf das geöffnete Gebilde und
nehmen kurz den Umriss einer knabenhaften Gestalt war, die gerade mit der linken Seite
der Wand verschmilzt.
In diesem Moment vernehmen sie ein schepperndes Geräusch.

Freddy, der als Letzter geht und die Gittertür noch nicht sehen konnte, flucht: „Verdammt, was war das?"

Simon hektisch: „Psst! Licht aus!"

Es ist stockdunkel, als Stefan sein Handy
ausschaltet.
Simon tastet mit der rechten Hand nach Stefan
und mit der linken nach Freddy, um sie zu
sich heranzuziehen.

Er flüstert: „Da hat sich wahrscheinlich auf
der linken Seite jemand versteckt. Stefan, du
schaltest gleich dein Handy wieder ein. Sobald es aufleuchtet, werden Freddy und ich
durch die Tür springen und…"

Freddy unterbricht ihn energisch: „Bist du
bescheuert? Lass uns abhauen."

Simon wiegelt ab: „Nein, das war eine
schmächtige Person. Die werden wir wohl noch
überwältigen können. Denk an die Mädchen,
vielleicht ist denen was passiert. Das ist
doch alles nicht normal hier."

Freddy seufzt: „Also weiter."

Simon eindringlich: „Also nochmal. Stefan wird leuchten, ich werde vorgehen und durch die Tür springen, und du, Freddy, wartest bei der Tür, um mir sofort helfen zu können."

Stefan: „Alles klar."

Freddy: „Na gut."

Simon: „Okay, also auf drei: eins – zwei – drei!"

Der Schein des Handys lässt die ungefähr sechs Meter entfernte Gittertür erkennen. Simon sprintet los und springt durch die Tür. Freddy ist dicht hinter ihm und stoppt seinen Lauf bei der Tür ab.
In diesem Moment springt eine zierliche Person in den Gang, um mit einem länglichen Gegenstand auf Simon einzuschlagen. Freddy ist sofort zur Stelle und hält den Arm mit dem Prügel fest.

Die Person ruft erfreut: „Simon!"

Simon überrascht: „Jessica!"

Jessica versucht sich zu befreien und mault Freddy an: „Lass mich endlich los!"

Freddy lässt die zappelnde Jessica los.

Stefan, der näher gekommen ist, erstaunt: „Jessica? Was ist los? Wo sind die anderen?"

Jessica: „Kommt schnell raus hier. Ich werde euch auf dem Weg alles erzählen."

Stefan läuft mit seinem Handy vor. Die anderen folgen nacheinander schnellen Schrittes.

Viven fängt an zu erzählen:
„Ich habe von euch schwache Geräusche gehört und dachte, das wäre der Irre, der uns bis hierher verfolgt hat."

Freddy fragt: „Meinst du den Typen im blauen Overall?"

Jessica: „Ja. Woher kennst du den?"

Freddy: „Ich kenne ihn nicht. Wir haben gesehen, wie er aus dem Gang gelaufen kam und mit einem Roller abgehauen ist."

Während des Rückweges zur Hütte ist entferntes Donnergrollen zu hören.
Jessica berichtet aufgeregt das Erlebte, wobei die anderen fassungslos zuhören.

Dann erzählt Simon von den Waffen in den Tierkadavern bei der Hütte.

Jessica ist entsetzt: „Meine Güte. Dann haben die Typen in der Burg Rehe mit Waffen im Bauch bei der Hütte gelagert. Und jetzt haben sie Angie und Nicole in ihrer Gewalt."

Stefan wütend: „So sieht es aus. Große Scheiße ist, dass wir hier echt nirgendwo Handyempfang haben. Wir werden mit dem Wagen zum nächsten Haus fahren müssen, um die Polizei zu verständigen."

Das Donnern rückt näher und vereinzelte Regentropfen fallen auf die Blätter, als sie den Bach erreichen.

Stefan läuft als Erster auf die Brücke. Es folgen Freddy, Jessica und Simon.
Simon will Jessica fürsorglich die Hand reichen. Doch Jessicas Nerven liegen blank. Erschrocken dreht sie sich zu Simon um und macht kurz vor dem Brückenende mit dem rechten Fuß einen Schritt zu nah am Rand der Bretter. Dabei rutscht sie ab und landet mit dem Fuß zwischen zwei Wurzeln, die knapp unter der Wasseroberfläche liegen. Wie auf einer Treppenstufe steht sie mit einem Fuß auf der Brücke und mit dem anderen im Wasser.

Simon erschrocken: „Oh! Verdammt! Das wollte ich nicht."

Er reicht ihr seine Hand, um ihr herauf zu helfen.

Jessica stöhnt verzweifelt: „Ich kann meinen Fuß nicht befreien. Ich stecke irgendwo fest."

Freddy und Stefan werden aufmerksam und eilen zur Hilfe.

Freddy impulsiv: „Mann, was ist denn jetzt schon wieder?"

Simon sichtlich betroffen: „Meine Schuld."

Jessica hektisch: „Ist nicht so schlimm. Aber hört auf zu quatschen und helft mir hier raus. Macht schon!"
Dabei rudert sie mit den Armen, um das Gleichgewicht besser halten zu können.

Stefan zu Freddy und Simon: „Okay. Ihr zwei schafft das. Ich laufe weiter und schmeiße schon mal unsere Klamotten ins Auto. Bis später."

Sprach's und läuft weiter.
Das Gewitter wird heftiger. Erste Blitze erhellen den düsteren Himmel. Auch der Regen wird stärker, während Simon und Freddy im Bach an den Wurzeln rumbiegen, damit Jessica ihren Fuß heraus ziehen kann.

Der verräterische Schlüssel

Nicole und Angie kommt es vor, als würden die Männer sie durch die halbe Burg schleppen.
Sie folgen dem Ledermantel bis zum Ende des Flures. Dort biegen sie in den nach rechts führenden Gang ein und durchqueren an seinem Ende eine Art Halle. Kurz danach gelangen sie in einen Anbau. Offensichtlich die Burgküche. Der Ledermantel durchquert den riesigen Raum mit den Rundbögen und öffnet eine einfache Holztür in der gegenüberliegenden Wand, indem er einen Metallriegel zur Seite schiebt und sie schwungvoll aufdrückt. Er tritt in den Raum und hält die Tür für die anderen auf. Einer der Männer schaltet die einzelne Glühbirne ein, die von der Decke baumelt. Sie hat jedoch nicht genug Kraft, um den Raum ausreichend zu erhellen.

Nicole und Angie werden unsanft in den fensterlosen Raum geschubst. Der vierte und letzte Typ folgt ihnen.
Ledermantel knallt die Tür zu und beginnt gefährlich leise: „Also, meine Damen. Setzen wir unsere kurze Unterhaltung fort: Wer seid ihr und was wollt ihr hier?"

Nicole unschuldig: „Wir waren auf dem Weg zur Burg, als wir eine Art Höhle entdeckten. Dort sind wir rein und schließlich in der Burg gelandet. Dann haben wir einen Ausgang gesucht, um wieder zu verschwinden."

Der Typ denkt kurz nach und befiehlt: „Hans! Rolf! Durchsucht sie!"

Je einer greift sich eine der jungen Frauen und tastet sie mehr oder weniger anzüglich ab.
Hans, der an Nicole rumgrabscht, fühlt einen Gegenstand in ihrer Gesäßtasche. Er greift hinein und bringt ein Smartphone zu Tage. Er legt es in ein Regal, das ihm am nächsten steht. Er grabscht weiter und fühlt einen weiteren Gegenstand in der vorderen Jeanstasche.

Barsch fordert er Nicole auf: „Hol das raus!"

Nicole schiebt ihre Hand in die enge Tasche und zieht einen Schlüssel mit Anhänger heraus.

Hans reißt ihn ihr aus der Hand und bemerkt verdutzt: „Das ist ein Schlüssel von der Jagdhütte."

Der Ledermantel flippt aus: „Das darf nicht wahr sein!"

Und zu dem Mann, der im Türeingang stehen geblieben ist: „Was hab ich dir gesagt? Das bringt nur Ärger. Aber nein, du musstest die Hütte ja unbedingt vermieten!"
Dabei schlägt er ihn mit der flachen Hand von vorn vor die Stirn.

Er wendet sich zu Nicole: „Wie viele seid ihr?"

Nicole schaut zu Boden, als sie bedrückt antwortet: „Wir sind zu sechst."

Der Ledermantel: „Und wo sind die anderen?"

Nicole blickt ihn verzweifelt an: „Ich weiß
es nicht. Wir haben uns verlaufen und aus den
Augen verloren."

Klatsch! Hat sie eine sitzen, weswegen sie
mit dem Kopf vor das alte Regal knallt.
Sie hält die Augen geschlossen, als sie sich
mit der einen Hand die rechte Kopfseite hält
und mit der linken Hand die Wange, auf der
mit Sicherheit alle fünf Finger dieses Bruta-
los abgebildet sind.
Angie beginnt lautlos zu weinen.

Der Ledermantel herrscht: „Hans und Rolf! Ihr
beide fahrt sofort los zur Hütte und schaut
nach, ob die anderen dort sind. Wenn nicht,
sucht sie gefälligst." Und gefährlich leise
droht er: „Kommt ihr ohne die anderen zurück,
werdet ihr die Sonne nicht mehr aufgehen sehen."

Ein entferntes Donnergrollen ist zu hören,
als Hans und Rolf kurz und ergeben nicken und
schnell den Raum verlassen.
Der Ledermantel verabschiedet sich: „Ihr
bleibt schön hier, bis wir euch alle zusammen
haben. Dann feiern wir eine Wiedersehenspar-
ty."
Daraufhin knallt er die Tür hinter dem anderen Typen und sich zu, und schiebt hörbar den
Riegel in die Wand.

Paule auf dem Wackerstein

Paule kriegt kaum Luft. Immer noch macht ihm
sein Asthma zu schaffen.
Mit der kleinen Sprühflasche, die seine Mutter ihm schon vor langer Zeit besorgt hat,
kommt er nicht zu recht. Ihm fehlt die Koor-
dination, gleichzeitig einzuatmen und zu
sprühen. Also lässt er das Ding gleich zu
Hause liegen.

Eine ganze Weile schlich er hinter den Mädchen her. Bis sie durch das Schrank-Zimmer zu
dem langen Flur in der Burg gelangten.

Dort sind ihm blöderweise die Verbrecher in
die Quere gekommen. Sie haben die Mädchen an-
geschrien. Das hat er genau gehört. Er hat
die Männer schon oft beobachtet. Sie besorgen
von irgendwoher Waffen und verkaufen sie in
der Burg. Meistens bringen sie sie in den toten Rehen mit. Wohl damit es keiner merkt.

Nun bleibt ihm nichts anderes übrig, als sich
auf den Weg zum Burgeingang zu machen.

Doch dazu muss er erst einmal zu seinem Roller, den er im Wald geparkt hat.
Er kramt einen Schlüsselanhänger, in Funktion
einer kleinen Taschenlampe, aus den Tiefen
seiner Overall-Tasche. Ein Werbegeschenk vom
Erdöllieferanten.
Somit kommt er ganz gut klar in der Dunkelheit des Geheimganges, indem er selbstverständlich vorher schon mal war.

Die engelgleiche Blondine spukt ihm im Kopf
herum. Wie leidenschaftlich sie doch ist. Sie
allein hat das Vorhängeschloss der Gittertür

kaputt geschlagen. Die anderen sind nur
schmückendes, ängstliches Beiwerk. Das Mädchen mit den dunklen kurzen Haaren hätte er
mühelos packen können. Doch die will er
nicht.

Endlich erreicht er den Ausgang des Geheimganges. Nun, an der frischen Luft, kann er
schneller laufen. Er rennt zu seinem Roller,
als er drei Männer auf dem Weg sieht. Es sind
die drei Männer, die er mit den Mädchen bei
der Jagdhütte gesehen hat.

Einer schreit: „HEY, bleib stehen!"

Doch Paule reagiert nicht. Er steigt auf das
breite Trittbrett und flüchtet durch den
Wald.
Ein Gewitter zieht auf. Dumpf grollt entfern-
ter Donner, als er dem Weg um den Hügel herum
folgt, bis er die Burg erreicht.

Er stoppt vor dem geöffneten Burgtor. Ein ge-
waltiger Torbogen, eingelassen in eine breite, hohe Mauer führt mitten durch ein Haus.
Im Inneren des Torbogens befindet sich eine
Tür, die offenbar in das Haus führt.

In diesem Moment werden im Innenhof zwei Au-
totüren zugeschlagen, dann startet ein Motor.
Der Fahrer scheint es eilig zu haben, da er
gehörig aufs Gaspedal tritt.
Paule hechtet mit seinem Roller zur Seite und
duckt sich. Er hat gerade den Weg frei ge-
macht, als der Kombi durch das Tor geschossen
kommt.

Paule schaut vorsichtig um die Ecke und
durchquert wachsam das Burgtor. Er muss auf-

passen, dass ihn die übrigen Männer nicht er-
wischen.

Im Inneren des Burghofes hält er sich sofort
links. Er weiß selbstverständlich, dass dort
die Küche in einem Anbau untergebracht ist.
Mittlerweile hat es angefangen zu regnen.
Doch das ist Paule vollkommen egal.

Die gewaltige Mauer umschließt alle Gebäude
der Burg. So parkt er seinen Tretroller dicht
daneben, versteckt zwischen hohem, wild wu-
cherndem Farnkraut. Nun schleicht er am Kü-
chenfenster vorbei, an dessen Scheiben der
Regen in Schlieren hinunterläuft und stellt
fest, dass sich niemand in der Burgküche aufhält. Behutsam bewegt er sich weiter, bis er
einen kleinen Gebäudeteil erreicht, in dem
nur ein scheibenloses Loch, gesichert mit
Gitterstäben, in ungefähr zwei Metern Höhe
eingelassen ist.
Als der Verbrecher im Flur die jungen Frauen
anschrie, hat Paule gehört, dass sie in die
Vorratskammer gebracht werden sollen: *Bringt
sie in die alte Vorratskammer hinter der Küche!* Hinter dieser Wand nun befindet sich die
alte Vorratskammer.

Er hebt einen dicken Wackerstein auf und po-
sitioniert ihn knapp vor der Wand unter dem
besagten Fenster. Er weiß, dass die Öffnung
von innen mit einer Holzklappe gesichert ist.
Doch er hofft, dass er trotzdem irgendwie einen Blick hinein werfen kann.
So stellt er sich, mittlerweile pitschnass,
auf den Stein, während er sich an der Wand
abstützt. Er greift mit den Fingerspitzen auf
den Fenstersims und drückt sein nasses Gesicht an die Gitter.

In diesem Moment öffnet jemand von innen den Riegel, so dass der Fensterladen am unteren Ende einen Spalt breit aufspringt und im Wind klappert.

Er hört eine Frauenstimme stöhnen: „Mann, mach nicht so einen Lärm!"

Kurz darauf wird die Klappe hoch gedrückt und ein hübsches, weibliches Gesicht schaut ihn entsetzt an.

Er begreift nicht sofort. So sieht doch sein Engel nicht aus. Mit offenem Mund starrt er in das Gesicht der jungen Frau. Diese weicht entsetzt zurück und stürzt offensichtlich mit blechernem Getöse zu Boden.

Die Hellebarde

Kaum ist die Tür verschlossen, legt Nicole
ihren Arm um die schluchzende Angie.

Sie tröstet sie: „Mach dir keine Sorgen. Jessica wird Hilfe holen. Sie ist ein cleveres
Mädchen. Sie lässt sich bestimmt was einfal-
len."

Angie beruhigt sich etwas. Während Nicole ihren Blick in dem unseligen Raum umherschwei-
fen lässt, ist das gedämpfte Donnergrollen
eines Gewitters zu hören.

Sie murmelt: „So wie es hier aussieht, ist
das die Rumpelkammer des Schlosses."

Auf der Holztür, die mittig in der Wand eingelassen ist, befindet sich keine Klinke.
Nicole denkt: *Ist für eine Vorratskammer wohl
nicht nötig.*

Dunkle, ungefähr zwei Meter hohe Regale stehen entlang der Wände sowie mitten im Raum.
Sie beherbergen allerlei Zeug: Geschirr, Kup-
fertöpfe, Besteck und so weiter.
Angie weint nicht mehr und Nicole nimmt den
Arm von ihrer Schulter. Im schwachen Schein
der einzelnen Glühbirne beginnt Nicole damit,
sich genauer umzuschauen. Zuerst steckt sie
ihr Handy wieder ein. Dann geht sie zur Tür
und drückt vorsichtig dagegen. Sie drückt
fester, doch der Riegel hält die Tür gut verschlossen.

Sie ermuntert Angie: „Lass uns nachschauen,
ob wir hier irgendwo raus kommen."

Sie bewegen sich vorsichtig zwischen den Regalen und versuchen die Wände zu begutachten, soweit sie nicht mit Gerümpel verdeckt sind. Angie quetscht sich zwischen zwei frei im Raum stehenden Regalen hindurch zu einer rustikalen Wand. Ein einfacher Schrank steht davor, dem die Tür fehlt. Eine imposante Ritterrüstung thront auf einem hölzernen Sockel daneben. Obwohl die Menschen damals kleiner waren, ist diese Rüstung bestimmt einen Kopf größer als die zierliche Angie.

Sie bemerkt beeindruckt: „Ein imposantes Stück", und wendet sich zu Nicole, die sich seitlich nähert. Die Mädchen stehen überwältigt vor der Rüstung und betrachten sie eingehend.
Die Eisenschuhe haben leichte Ähnlichkeit mit schmalen Entenfüßen. Rechts und links neben den Beinröhren mit den angepassten Kniebuckeln, hängen die stulpenförmigen Panzerhandschuhe. Das Bruststück ist reichlich verziert und ein starres Kinnreff ruht auf den Eisenschultern. Auf allem sitzt ein Helm mit quer über das Gesicht verlaufenden Atem und Sehschlitzen.

Eine Hellebarde, eine Hieb- und Stichwaffe aus dem Mittelalter, steht mit dem besenstielartigen, hölzernen Schaft ebenfalls auf dem Sockel und lehnt an der rechten Schulter des Eisenkriegers.
Der beilförmige Aufsatz, mit dem sogenannten Schlagdorn hinter dem Beil und der zum Ende hin spitz zulaufenden Klinge, ist mit dekorativen Ausstanzungen verziert.

„WOW!", bemerkt Nicole sichtlich bewegt.

Angie flüstert: „Irgendwie gruselig, so ein Eisenmensch. Als ob er jeden Moment losläuft."

Nicole überrascht: „Sag mal, merkst du was? Zieht es hier?"

Angie: „Äh, nein."

Nicole reckt ihr Gesicht in die Höhe und streckt eine Hand nach oben aus. Die Beleuchtung ist zu schwach, als dass man auf den dunklen Mauern etwas Genaues erkennen könnte.

Sie fordert Angie auf: „Komm! Fühl mal hier!", und führt Angies Hand in die Höhe.

Angie erstaunt: „Du hast recht. Ein Luftzug."

Nicole fummelt ihr Handy aus der Hosentasche und schaltet es ein. Natürlich kein Empfang. Doch das Licht reicht aus, um rechts von der Rüstung, kurz unter der Decke, eine hölzerne Klappe zu erkennen, die bündig mit der Mauer abschließt.

Nicole aufgeregt: „Hier scheint eine Öffnung zu sein, verschlossen mit dieser Holzklappe. Wie es aussieht, muss sie nach oben aufgeklappt werden. Siehst du die dicken Scharniere oben drauf und den Riegel unten?"

Angie: „Und wie sollen wir da hoch kommen?"

Nicole: „Noch nie was von 'ner Räuberleiter gehört?"

Angie verzieht das Gesicht: „Von was?"

Nicole sagt: „Ich zeig's dir", und lehnt sich gleich neben der Rüstung mit dem Rücken an die Wand. Nun hält sie ihre verschränkten Hände mit den Handflächen nach oben vor ihre Oberschenkel und fordert Angie auf:
„Komm, steig drauf. Dann wirst du wohl dran kommen."

Nicole hält ihre Hände ein wenig tiefer, so dass Angie einfacher eine Fußspitze auf die Handflächen stellen kann.

Das Gewitter ist in vollem Gange. *Gut, das ich Turnschuhe trage,* denkt Angie, als ein Blitzlicht den feinen Spalt zwischen Mauer und Holzklappe in die Wand zeichnet.
Es ist eine wackelige Herausforderung, als sie sich irgendwie an Nicoles Schulter geklammert nach oben zieht.
Mit dem Bauch vor die Wand gepresst, hält sie sich seitlich von der Klappe, damit sie sie öffnen kann, ohne dass ihr Kopf im Weg ist.
Sie muss ein wenig an dem Riegel fummeln, bis er sich aufschieben lässt. Sofort springt die Klappe einen Spalt breit auf und klappert im Wind.

Nicole ist erschrocken und stöhnt: „Mann, mach nicht so einen Lärm!"
Angie: „Ich versuch's."
Mit den Fingern der linken Hand krallt sie sich in eine Mauerritze und mit der rechten Hand drückt sie die Klappe hoch.
Sie schiebt ihren Oberkörper ein wenig nach rechts, um durch die Öffnung zu schauen.
Eine starke Windbö treibt Regentropfen durch die Öffnung und ein Augenpaar hat seinen stechenden Blick auf sie gerichtet. Ein Augenpaar, das zu einem männlichen Gesicht gehört,

an dem das Regenwasser unaufhörlich hinunter
rinnt. Der Mund mit den dicken Lippen steht
dämlich offen.

Angies Herz setzt einen Schlag lang aus. Reflexartig biegt sie ihren Oberkörper nach
hinten und kreischt wie am Spieß.
Nicole schafft es nicht, die Gewichtsverlage-
rung auszugleichen. Angie kippt zur Seite auf
die Ritterrüstung und versucht, an ihr Halt
zu finden. Dabei stürzt sie an der Rüstung
vorbei und bringt sie zum Schwanken. Nicole
stützt geistesgegenwärtig die Rüstung und
verhindert somit ein Umkippen.
Unsanft schlägt Angie mit dem Rücken auf den
harten Boden auf.
Von dem Aufprall bleibt ihr die Luft weg. Sie
registriert noch, wie Nicole die Rüstung
stützt und wie die mittelalterlich Waffe, die
an der Rüstung lehnte, kippt. Wie in Trance,
unfähig sich zu bewegen, sieht sie das Beil
mit den dekorativen Ausstanzungen auf sich
niedersausen. Sie spürt einen dumpfen Schlag
auf ihrer Stirn.
Dass das Beil der Hellebarde ihren Schädel
gespalten hat und ihr Gehirn mit Blut ver-
mischt durch den entstandenen Spalt quillt,
spürt sie nicht mehr.

Blutschwall

Stefans Triathlontraining macht sich bemerk-
bar. Das hereinbrechende Gewitter ignorierend
sprintet er leichtfüßig durch den Wald.
Ein Blitz zuckt vom düsteren Himmel und erhellt die Lichtung im gleichen Moment, als er
dort eintrifft.
Ein Wagen parkt hinter dem Van. Ein Kombi, in
dem niemand sitzt, wie er im Blitzlicht erkennen konnte. Die Motorhaube des Van steht
auf.
Schlagartig stoppt er seinen Lauf. Durch das
Fenster des Gemeinschaftsraumes dringt Licht.
Er vermutet, dass sich jemand in der Hütte
aufhält.
Er biegt vom Weg ab in das Unterholz und
läuft in einem großen Bogen um die Lichtung
herum. Mittlerweile ist er nass bis auf die
Haut.
Gerade erreicht er den hinteren Teil der Hütte, als zwei Männer die Jagdhütte verlassen.
Der Regen prasselt auf die Blätter, doch er
versteht einige Wortfetzen:
„…müssen wir unbedingt finden…".
„…wird uns die Köpfe abreißen!"
Einer der beiden öffnet die Fahrertür des
Kombis.

Stefan überlegt: *Wenn in dem Anbau wirklich
Waffen versteckt sind, dann sollte ich mir
eine davon besorgen. Die werden keine Ruhe
geben, bis sie uns gefunden haben.*
Die Dornen ignorierend drückt er sich durch
die nassen Brombeersträucher. Dann schlüpft
er in den Anbau, wobei er sich zur Orientie-
rung die Bilder des Vorabends ins Gedächtnis
ruft.

Fahles Licht dringt durch die Tür und lässt
schwach die Umrisse der Kadaver erkennen. Er
tastet den ersten Kadaver ab und fühlt den
von Simon und Freddy beschriebenen langen
Schlitz im Bauch des toten Tieres. Er fühlt
das Plastik und zieht es hinaus.
Mitten in der Bewegung hält er jäh inne und
lauscht angestrengt. Zwischen dem Regenpras-
seln auf dem Blechdach mischen sich Stimmen:
„Am besten schmeißen wir die Ware ins Auto
und nehmen sie mit."

Die andere Stimme laut und aufgebracht: „Verdammte Scheiße. Die Tür ist auf."

Stefan schleicht behutsam rückwärts bis er
die Wand erreicht. Mit dem Rücken an die
Bretter gelehnt, lässt er sich zu Boden sinken.
Mit einem Mal schiebt sich der Umriss einer
kräftigen Gestalt vor das diffuse Licht im
Türrahmen.

Der Regen prasselt mittlerweile so laut auf
das Blechdach, dass die Männer Stefan unmöglich gehört haben können.

Mit zitternden Fingern bohrt er ein Loch in
die weiche Folie und zieht sie auseinander.
Er spürt kalten Stahl und ertastet eine
Schusswaffe. Fest umschließt er mit der rechten Hand den Griff und lässt den Zeigefinger
an den Abzug gleiten. Eine unheimliche Ruhe
überkommt ihn, als er abschätzend zur Tür
blickt.

Die Silhouette im Türrahmen hebt einen Arm,
an dessen Ende sich die Kontur einer Pistole
abzeichnet. Dabei dringt eine energische

Stimme in den Anbau: „Behalte die Lichtung im
Auge. Ich werde mich hier drinnen mal umschauen."

Die Silhouette verschmilzt mit dem Dunkel des
Raumes. Stefan beißt sich auf die Unterlippe.
Seine Nerven spannen sich. Auf Verdacht hält
er die Waffe mit beiden Händen in den Raum
gerichtet.
Ein Blitz erhellt den Raum, so dass Stefan
deutlich den schwarz gekleideten Mann wahrnimmt, der in diesem Moment mit seiner
schusswaffenfreien Hand an die Wand neben
sich greift.
Stefan zielt mit der Waffe genau in diese
Richtung, als der Mann an der Schnur zieht
und das aufflammende Licht der batteriebe-
triebene Lampe den Raum erhellt.
Donner grollt durch den Wald.
Der Mann starrt auf Stefan, der auf dem Boden
kauert und reißt seine Waffe vor.

Bevor Stefan nachdenken kann, hat er seinen
Finger gekrümmt und somit den schussauslösen-
den Mechanismus der Waffe in Gang gesetzt.
Kaum hat er den Rückschlag aufgefangen, als
eine zweite Kugel den Lauf verlässt.

Wortlos und mit ungläubig aufgerissenen Augen, sinkt der Mann in seine eigene, sich unheimlich schnell vergrößernde Blutlache, da
sein Herz aus der zerfetzten Halsschlagader
das Blut in Schwallen hinaus pumpt.
Stefan kann nicht klar denken. Er starrt auf
den zusammengebrochen Mann, der nicht aufhö-
ren will zu bluten. Seine Hand mit der Waffe
liegt einfach neben ihm auf dem Boden, als
der andere Typ im Türrahmen erscheint.

Das letzte was Stefan in seinem jungen Leben
sieht, ist das Mündungsfeuer einer Pistole,
die auf ihn gerichtet ist. Ein sauberer Kopf-
schuss bereitet ihm ein schnelles, gnädiges
Ende.

Kurz und schmerzvoll

Regen prasselt auf Hans nieder. Er spürt ihn
nicht. Regungslos, mit schlaff herabhängenden
Schultern, steht er vor der Türschwelle und
starrt auf die Leichen. Sein Freund und Kumpan Rolf liegt seltsam verkrümmt in seiner
Blutlache.
Dem ihm unbekannten jungen Mann hat er mit
seinem Schuss das halbe Gesicht zerstört.
Trotz seiner Abgebrühtheit braucht Hans einen
kurzen Moment, um das gerade Geschehene zu
verarbeiten.
Dann handelt er schnell und professionell.
Pitschnass rennt er durch die Pfützen Richtung Kombi, wobei das Wasser hoch aufspritzt.
Er reißt die Tür auf, lässt sich auf den Sitz
fallen und lenkt den Wagen rückwärts neben
den Anbau.
Bei laufendem Motor und geöffneter Fahrertür
reißt er rasch die Heckklappe auf und hastet
in den kleinen Raum. Nach und nach schleppt
er die Kadaver mit den Waffen aus dem Ver-
schlag und wirft sie hinten in den Wagen.
Er hält kurz inne und schaut noch einmal fassungslos auf den entsetzlichen Schauplatz,
bevor er die Schnur an der Lampe zieht. Ganz
so, als ob er ein dunkles Tuch darüber decken
will.
Eilig setzt er sich wieder hinter das Steuer.
Die Scheibenwischer arbeiten auf Hochtouren.
Er hat nur noch einen Gedanken: *Weg hier.*

Mit im Matsch durchdrehenden Reifen schießt
der Wagen vorwärts. Hans kann soeben einen
Zusammenstoß mit dem Van verhindern und rast
über den holprigen Waldweg zur Landstraße.
Dort angekommen, reißt er ohne zu stoppen das
Lenkrad herum, um den Wagen auf die asphal-

tierte Straße rutschen zu lassen. Er beschleunigt den Kombi bis zur Schmerzgrenze. Als er endlich den Gang wechselt, taucht urplötzlich ein Reh im Scheinwerferlicht auf. Es bleibt mitten auf der nassen Fahrbahn stehen, in der sich das Fernlicht widerspiegelt. Das Tier starrt bewegungslos in seine Richtung.

Hans reagiert mit einem Reflex, der den Kombi über die Gegenfahrbahn schießen und in den Wald krachen lässt.

Der Wagen schafft es, zwei, drei Büsche niederzurollen, bevor die rechten Reifen einen Ameisenhügel als Rampe nutzen, um die Karosserie auf die linke Seite zu kippen. Er schießt zwischen zwei dünne Birkenbäumchen hindurch, bis er abrupt von einem mächtigen Buchenstamm gestoppt wird. Der Airbag katapultiert mit einem Knall aus der Lenkradmitte und trifft mit voller Wucht den schief im Sitz hängenden Oberkörper.
Hans hört noch ein krasses Knacken in der Halswirbelsäule, bevor sein Kopf eigenartig schlapp auf das Seitenfenster schlägt. Dann gehen ihm die Lichter aus.

Die verschwundenen Rehe

Es liegt nicht in Jessicas Natur rum zu jammern, doch langsam aber sicher macht sich Panik in ihr breit. Das Blätterdach hält die Regentropfen kaum noch ab, ihr Knöchel, der zwischen den Wurzeln im Bach steckt, schmerzt und sie befürchtet, dass dieser Verrückte mit dem Roller hier auftaucht.

Sie klagt hektisch: „Ich weiß, ihr tut was ihr könnt. Doch habt ihr's bald?"

Simon und Freddy stehen bis zu den Knöcheln im Bach und werkeln fieberhaft unter Wasser an den Wurzeln herum.

Simon unwirsch: „Ja doch! Jetzt gleich."

Kaum hat er es ausgesprochen, als Jessica eine Erleichterung spürt und den Fuß aus dem Wurzelgeflecht ziehen kann. Sie hockt auf der schmalen Holzbrücke und reibt sich den schmerzenden Knöchel, während Freddy ihr den hängen gebliebenen Turnschuh reicht. Er und Simon stolpern gerade aus dem Wasser, als ein Blitz vom Himmel zuckt. Noch bevor der Donner einsetzt, hallen zwei Schüsse kurz hintereinander durch den Wald. Sofort danach verlässt ein Donnergrollen den düsteren Himmel.

Entsetzt reißt Jessica ihren Kopf hoch: „Waren das Schüsse?"

Simon unsicher: „Ich weiß nicht genau."

Jessica hat Mühe, mit dem nassen Strumpf in den nassen Turnschuh zu schlüpfen, als sie ein weiterer Schuss zusammen zucken lässt.

Freddy total fassungslos: „Das war auf jeden
Fall ein Schuss! Und er kam aus der Richtung,
in der die Hütte liegt."

Simon aufgebracht zu Jessica: „Hey, beeil
dich! Wir müssen los! Stefan ist da allein!"

Jessica hat gerade den Schnürriemen festgezo-
gen, springt auf und stürmt los. Sie hat
Glück, dass der Fuß nicht verletzt ist. Simon
und Freddy sprinten sofort hinterher.

Der Waldboden beginnt aufzuweichen und es ist
nicht einfach, in dem immer stärker werdenden
Regen schnell vorwärts zu kommen.
Simon fühlt sich wie in einem Albtraum. Sie
rennen und rennen, und kommen kaum von der
Stelle.
Kurz bevor sie den Waldweg erreichen, den sie
mit dem Van gefahren sind, hören sie einen
Motor gequält aufheulen. Ein Auto scheint
durch den Wald zu preschen. Sie erreichen die
Weggabelung zur Hütte, als ein Kombi vorbei
saust, in dem ein Mann am Steuer sitzt.
Atemlos stoppen sie und schauen dem Fahrzeug
hinterher, bis die Rücklichter zwischen den
Bäumen verschwunden sind und Freddy sie
schroff auffordert: „Los, weiter!"

Sie rennen den Weg zur Lichtung in strömendem
Regen. Der Van parkt noch genau an der Stelle, an der sie ihn abgestellt hatten. Jedoch:
die Motorhaube steht auf. Freddy hetzt zu
seinem Wagen und starrt in den Motorraum. Einige Kabel sind brutal herausgerissen.

Simon ignoriert den Wagen und rennt durch den
Wintergarten in die Hütte, gefolgt von Jessica.

Im Gemeinschaftsraum befindet sich niemand.
Jessica schreit verzweifelt: „Stefan!" Und
noch einmal hysterisch: „Stefan! Wo bist du?"

Unterdessen reißt Simon hektisch die Zimmertüren auf. Niemand da.

Jessica stürzt aus dem Haus und biegt gleich
um die Ecke zum Anbau.
Simon läuft ebenfalls aus der Hütte und sieht
Freddy, der vor dem Van steht und ratlos einige Kabel in seiner Hand hält.

Simon wischt sich das Regenwasser aus den Augen, als er sorgenvoll ruft: „Freddy, was
ist?"

Freddy aufgebracht: „Irgend ein Schwein hat
die Kabel herausgerissen", und hält seine
Hand mit den Kabeln hoch.

Jessica biegt um die Ecke des Anbaus und
schaut sofort durch die offen stehende Tür
hinein. Wie auf Bestellung erhellt in diesem
Moment der Blitz eine Horrorszene. *Die Rehe
sind verschwunden,* realisiert Jessica noch
bewusst.

Dann ist sie nicht sicher, ob sie schon an-
fing zu schreien, als ihr Blick auf Stefan
fiel, der mit zerschossenem Gesicht vor der
Bretterwand sitzt oder nachdem sich alle blu-
tigen Details in ihrem Kopf manifestiert haben.
Fakt ist, dass sie nicht mehr denken kann und
immer noch schreit, als Simon und Freddy Se-
kunden später wie verrückt um die Ecke gerast
kommen.

Im diffusen Licht erkennen sie keine Einzelheiten, doch es reicht, um das Wesentliche wahrzunehmen.

Simon bleibt die Luft weg. Er kann erst wieder atmen, als sich Jessicas Schrei langsam in sein Gehirn frisst.
Freddy fühlt sich, als ob ihm jemand einen Faustschlag in die Magengrube verpasst hat. Er kann gerade noch den Kopf zur Seite drehen, um sich neben dem Eingang zu übergeben.

Simon stammelt ein entgeistertes: „Verdammte Scheiße!"

Er wendet sich ab und versucht einen klaren Gedanken zu fassen: „Wer ist der andere Typ im Anbau? Und wieso hat jemand die beiden erschossen?"

Freddy und Jessica, die mittlerweile verstummt ist, bleiben ihm eine Antwort schuldig.

Jessica lehnt sich mit dem Rücken an die Bretterwand des Anbaus, wobei sie sich mit fahrigen Bewegungen ihrer Hände über das Gesicht fährt und mit den Handflächen die nassen Haare nach hinten streicht. Dann blickt sie ausdruckslos ins Leere.

Simon starrt auf Jessica und weiß, dass er sich zusammen reißen muss.
Bestürzt greift er ihre Hand: „Komm mit. Ich werde die Taschenlampe holen und du kannst in der Hütte warten, während Freddy und ich uns die Schweinerei genauer ansehen."

Freddy presst die Hände auf seinen Bauch und
meint: „Bist du irre?"
Auch Jessica protestiert: „Du bist verrückt.
Lass uns abhauen und endlich die Polizei ho-
len. Angie und Nicole sind auch noch in der
Burg."

Simon erklärt aufgebracht: „Das geht nicht.
Irgendjemand hat im Van einige Kabel raus gerissen. Den Wagen können wir vergessen."
Und zu Freddy: „Mann, reiß dich zusammen. Gemeinsam stehen wir das durch."

Die drei Freunde betreten die Hütte. Während
Simon die Taschenlampe aus der Schublade
nimmt, zwingt sich Freddy zur Ruhe.
Er greift ein Handtuch aus dem Bad und reicht
es Jessica: „Du solltest dir trockene Klamotten anziehen."

Simon hält die Mag-Lite in der Hand. Bevor er
und Freddy die Hütte verlassen, verspricht
er: „Wir sind rasch wieder zurück. Bleib in
der Hütte und komm erst mal runter."

Jessica nickt geistesabwesend und fährt sich
mechanisch mit dem Handtuch über das feuchte
Gesicht und die nassen Haare. Dann ist sie
allein in der Hütte.
Sie fröstelt und überlegt, dass es wirklich
besser ist, wenn sie aus den nassen Klamotten
heraus kommt. Sie hebt ihren Koffer auf das
Sofa und zieht ein frisches Oberteil und eine
Jeans heraus.

Paule will Jessica

Paule ist enttäuscht. Sein Engel ist nicht
hier. Nachdem die kleine Blonde mit schep-
perndem Getöse zu Boden gefallen ist und die
Dunkelhaarige schreiend zur Tür lief, kann er
keine weitere Person in der alten Vorratskammer ausmachen.

Angetrieben von seinem Instinkt und merkwür-
digen Überlegungen: *Ich muss noch mal zur
Jagdhütte fahren. Vielleicht ist sie dort?,*
steigt er von dem Wackerstein und zieht seinen Roller zwischen dem Farn hervor.
Der blaue Arbeitsoverall hängt durchnässt an
seinem Körper. Wie selbstverständlich rollt
er nun über den Burghof, um hinter dem gewal-
tigen Torbogen dem matschigen Weg zur Jagdhütte zu folgen.
Trotz des Gewitterregens ist er mit dem Roller flink unterwegs. So erreicht er kurz darauf die Lichtung, auf der der Van mit hoch-
geklappter Motorhaube steht.
Er steuert den Roller zu den Brombeersträuchern und legt ihn dort vorsichtig ab. Von
der Seite her nähert er sich dem Schlafzim-
merfenster, in dem das Doppelbett steht. Der
Fensterladen ist geöffnet, so dass er leicht
in das Zimmer spähen kann. Niemand zu sehen.
Er schleicht um die Ecke und schaut durch die
Scheiben des großen Raumes mit dem Kamin.
Der heftige Gewitterregen geht in einen Nieselregen über. Doch das spürt Paule nicht.
Fasziniert betrachtet er die hübsche junge
Frau, die sich die Haare mit einem Handtuch
trocknet. Endlich! Er hat seinen Engel gefunden. Die Handflächen auf die Scheibe gedrückt, starrt er in den Raum.

Sein Engel fischt einige Klamotten aus einem
Koffer. Er spürt das Verlangen sie zu be-
schützen. So zierlich und zerbrechlich wirkt
sie auf ihn. Sie schlüpft aus ihren nassen
Sachen und zieht sich eine frische Jeans und
ein dunkelblaues Longsleeve über. Erneut rub-
belt sie mit dem Handtuch über ihre hüftlangen Haare, das sie sich anschließend über eine Schulter hängt.
*Ich sollte sie von hier fortbringen. Die Män-
ner sind gefährlich. Sie könnten kommen und
ihr etwas tun.*
So reißt er sich von dem Anblick los, biegt
um die Hausecke und betritt den Wintergarten.
Jessica hört die Tür des Wintergartens zu-
schnappen. Sie denkt: *Gut, das die beiden
kommen. Ich will endlich weg hier.*
Sie dreht der Tür den Rücken zu, um ihren
Koffer zu verschließen.
Paule betritt den gemütlichen Raum, bleibt
stehen und betrachtet die zierliche Gestalt,
wie sie sich am Koffer zu schaffen macht.

Erleichtert dreht Jessica sich um. Doch
bleibt ihr fast das Herz stehen, als sie den
großgewachsenen Mann in seinem pitschnassen
Overall im Raum stehen sieht. Jessica hält
noch immer die Luft an, als der Mann sich
langsam in Bewegung setzt. Die dunklen, nassen Haare kleben auf seinem Kopf und seiner
Stirn. Die fast schwarzen, stechenden Augen
starren sie unergründlich an, sein dicklippi-
ger Mund steht blöde auf und seine Atmung
wird heftiger.

Jessicas Gedanken überschlagen sich: *Bloß
nicht schreien, das könnte ihn wütend machen.
Ich muss schnell hier raus!*

Der Couchtisch steht zwischen ihnen. Jessica
reißt sich das Handtuch von der Schulter,
knuddelt es mit einer Handbewegung zusammen
und wirft es ihm heftig ins Gesicht. Dann
will sie an ihm vorbei zur Tür laufen, doch
Paule ist flink. Er macht einen seitlichen
Ausfallschritt und streckt dabei auch noch
einen Arm aus, ganz so, als wolle er ein
Schaf daran hindern, zur Herde zurückzukeh-
ren.
Jessica reagiert sofort, rammt aus Versehen
eine Stehlampe neben dem Sofa, die krachend
zu Boden schlägt und rennt in das Doppelbett-
schlafzimmer.

Ein Fenstersprung

Wortlos laufen Freddy und Simon das kurze
Stück durch den Matsch und bleiben gleichzeitig vor dem Eingang des Anbaus stehen. Simon
leuchtet mit der Taschenlampe in den Raum,
der ihnen ohne die aufgehängten Rehe viel
größer vorkommt.
Ein Mann liegt unmittelbar hinter dem Eingang, seltsam verkrümmt in einer riesigen
Blutlache. Er ruht auf seiner linken Seite.
Sein Gesicht drückt sich tief in das klebrige
Blut.

Im hinteren Ende des Raumes sitzt eine Gestalt und lehnt mit dem Rücken an der Wand,
die mit Blutflecken gezeichnet ist. Sie
steckt in Stefans Klamotten. Eine Gesichts-
hälfte ist zerfetzt. Die Arme hängen schlapp
am Körper herunter, die Hände liegen mit den
Handrücken nach unten neben ihm auf dem Boden. Dicht bei seiner rechten Hand glänzt eine silberfarbene Pistole im Staub.

Simon murmelt: „Verdammte Scheiße", und macht
einen Schritt in den Raum.

Freddy fasst ihn am Arm: „Was soll das? Du
willst doch da nicht rein gehen? Wir haben
genug gesehen. Lass uns schnellstens verschwinden."

Simon: „Ich will die Waffe", dabei lenkt er
den Lichtstrahl auf die glänzende Pistole.
Und weiter: „Ich denke, die können wir gut
gebrauchen."

Freddy lässt Simons Arm los und beide betreten zögernd den Anbau.

Sie müssen um die riesige Blutlache herumge-
hen, um an die Wandlampe zu kommen, die links
vom Eingang an der Wand hängt.
Simon zieht an der Schnur und die Lampe
schickt ihr Licht in den Raum. Er knipst die
Taschenlampe aus und schiebt sie sich in den
Hosenbund.

Freddy, der mitten im Raum stehen geblieben
ist und Simon schauen betroffen auf Stefans
leblosen Körper.
Der Regen prasselt nicht mehr auf das Blechdach. Er hat sich in einen feinen Nieselregen
verwandelt, der dem Wald ein eigentümliches
Knistern entlockt.

Freddy spürt seinen Magen rebellieren und
presst seine Handflächen drauf.
Simon bückt sich nach der Waffe und umklam-
mert den Griff, als ob er ihn nie mehr los-
lassen will. Dann sagt er mit rauer Stimme:
„Hier können wir nichts mehr tun. Lass uns
verschwinden."

„Warte!", sagt Freddy und bückt sich, um eine
weitere Pistole aufzuheben, die vor der Wand
neben dem Eingang liegt und somit beim Ein-
treten nicht zu sehen war.

Es handelt sich um das gleiche Modell, das
Simon in der Hand hält. Freddy wiegt die Waffe abschätzend in der Hand und bemerkt: „Die
scheint dem Typen hier aus der Hand gefallen
zu sein. Vielleicht hat Stefan ihn erschossen
und ein anderer Typ hat Stefan umgelegt. Das
würde heißen, das noch jemand von dieser
Scheiße hier weiß."

Simon: „Ja, zum Beispiel der Irre, der mit dem Kombi an uns vorbeigepprescht ist. Je schneller wir hier verschwinden, um so besser. Mist, dass der Wagen im Arsch ist."

Freddy: „Ja, wir werden uns zu Fuß auf den Weg zur Burg machen müssen, um Angie und Nicole zu befreien. Wenigstens haben wir Unterstützung." Dabei hält er die Waffe in die Luft.

Sie verlassen den Anbau, um Jessica zu holen, als ein schepperndes Geräusch aus der Hütte dringt. Sie blicken sich kurz an und stürmen mit schussbereiten Pistolen durch den Wintergarten in die Hütte.
Simon sieht einen großen Mann, bekleidet mit einem dunkelblauen Arbeitsoverall in das Schlafzimmer laufen. Eine Nachttischlampe fliegt ihm vor den Kopf und Jessicas Stimme kreischt: „Hau ab! Lass mich in Ruhe!"

Simon brüllt: „Stopp! Oder ich jag' dir 'ne Kugel in den Kopf!"

Freddy starrt fassungslos auf das Szenario und richtet ebenfalls seine Pistole auf den nassen, blauen Overall.
Jessica ist nicht zu sehen, da sie zu weit im Zimmer steht. Doch sie kreischt: „Simon, Freddy! Helft mir!"

Ohne sich umzudrehen ignoriert der große Mann mit den dunklen, kurzen Haaren die zwei jungen Männer. Mit drei Schritten Anlauf, an Jessica vorbei, springt er mit dem Mut eines Verrückten seitlich mit dem linken Ellbogen voran durch die Glasscheibe des Schlafzimmerfensters.

Simon und Freddy stürmen bis zum Fenster hinterher, doch der Verrückte ist schon im nahen Wald verschwunden.

Jessica steht mit ängstlich aufgerissenen Augen zwischen Bett und Wand, und stöhnt erleichtert: „Dem Himmel sei Dank!"

Sie registriert die Pistolen in den Händen ihrer Freunde: „Mann, wo habt ihr die denn her? Könnt ihr überhaupt damit umgehen?"

Freddy energisch: „Wenn es sein muss – na klar."

Simon: „Ich will ja nicht drängeln. Aber genau jetzt ist der Zeitpunkt, wo wir auf der Stelle hier verschwinden sollten. Ein Verrückter geistert um uns herum und einer der Verbrecher ist nach dem Gemetzel abgehauen. Da wir mit dem Wagen nicht fahren können, laufen wir am besten wieder das Stück durch den Wald und holen zuerst Angie und Nicole aus der Burg. Sie scheinen sich wirklich in Lebensgefahr zu befinden."

Erfreulicherweise hat es aufgehört zu regnen, als die drei den schon bekannten Weg zur Burg einschlagen.

Das Himmelbett

Zügig bewegen sich Simon, Freddy und Jessica durch den Wald und folgen dem ihnen schon bekannten Weg.
Sie überqueren gerade den Bach, als Jessica fragt: „Müssen wir wieder durch den Geheimgang oder nehmen wir den offiziellen Weg zur Burg?"

Simon überlegt: „Wir kennen die Gegebenheiten bei der Burg nicht. Wenn wir den offiziellen Weg gehen, können wir wohl schlecht zum Haupteingang rein marschieren. Wir wissen auch nicht genau, wie viele Verbrecher dort sind."

Jessica: „Nach der Unterhaltung, die wir heute Morgen belauscht haben, dürfte es sich um drei oder vier Männer handeln."

Freddy: „Da wir das nicht genau wissen, bin ich dafür, dass wir durch den Geheimgang zur Burg gehen. Zumindest kommen wir so ungesehen hinein. Wahrscheinlich kennen die Männer den Gang noch nicht mal."

Jessica unbehaglich: „Und wenn uns der Verrückte hinterher kommt?"

Simon mit Anspielung auf die Schusswaffen, die beide Jungen im Hosenbund tragen: „Wir sind jetzt gut ausgerüstet. Du wirst zwischen Freddy und mir gehen. Dann wird dir nichts passieren."

Es regnet zwar nicht mehr. Doch wegen der einsetzenden Dämmerung ist es düster, als sie bei dem Geheimgang ankommen.

Sie rutschen mehr, als dass sie gehen, zu den wenigen Stufen hinunter. Simon leuchtet mit der Taschenlampe in das angrenzende dunkle Loch. Auf jeden Fall ist der Lichtstrahl der Mag-Lite wesentlich heller, als das Licht der Smartphones, deren Funktion in Ermangelung der Netzabdeckung in dieser Gegend auf 'leuchten' reduziert ist.

Dank der Helligkeit und weil sie den Gang schon kennen, kommen sie rasch vorwärts. Sie durchqueren den feuchten Kellerraum und er- reichen den eingebauten Wandschrank. Simon drückt die Seitentür des Eichenschrankes auf und betritt den Raum mit dem edlen Parkettbo- den.
Sein Blick fällt sofort auf einen silberfar- benen Tretroller mit großen, dicken Reifen, der neben der Zimmertür an der Wand lehnt.

„Verdammt", rutscht es aus seinem Mund.

Jessica bleibt in der Schranktür stehen und starrt ebenfalls auf den großen Roller:
„Ich hab's geahnt."

Freddy ungeduldig aus dem Inneren des Schran- kes: „Was ist? Warum geht's nicht weiter?"

Jessica tritt vollständig in den Raum und vollführt eine präsentierende Handbewegung in Richtung Tretroller: „Bitte schön. Darum!"

Freddy: „Oh, verfluchte Scheiße!"

Jessica fragt unsicher: „Und jetzt?"

Simon: „Nichts! Wir werden Angie und Nicole suchen. Nur werden wir nicht nur den Verbrechern aus dem Weg gehen müssen, sondern auch dem Verrückten."

Freddy nickt zustimmend und fragt: „Jessica, hinter dieser Tür ist der lange Flur, oder?"

„Ja, dort steht auch die große Wanduhr, in der ich mich versteckt hatte. Weiter kenne ich mich nicht aus", antwortet sie.

Freddy: „Ich schlage vor, dass wir uns aufteilen. So können wir effektiver nach den beiden anderen suchen."

Jessica aufgebracht: „Ich laufe auf keinen Fall allein hier rum. Ich gehe mit dir, Simon."

Simon: „Okay", und zu Freddy: „Viel Glück!"

Freddy nickt kurz und öffnet behutsam die Tür, die auf den langen Flur mit dem roten Läufer führt. Es herrscht Totenstille.

Sie bewegen sich aufmerksam an den Türen und der mächtigen Standuhr vorbei, bis sie das Ende des Flures erreichen.
Freddy gibt ein kurzes Handzeichen und nimmt die rechte Abzweigung. Simon und Jessica nehmen die entgegengesetzte.

Simon flüstert: „Du hast also gehört, dass die beiden in eine Vorratskammer gebracht werden sollen?"
Jessica nickt zustimmend.

Simon weiter: „Dann müssen wir die Küche finden. Wäre logisch, wenn sich dort die Vorratskammer befindet."

Jessica nickt erneut.

In diesem Flur dämpft kein Läufer ihre
Schritte. Egal, mit den Turnschuhen können
sie sich auch so flink und leise bewegen.
Im Abstand von einigen Metern überspannen
Rundbögen den langen Gang. Zwischen dem letz-
ten Rundbogen und dem Ende des Flures führt
auf der linken Seite eine enge, steinerne
Treppe steil nach oben. Eingerahmt von grauen
Mauern und niedriger Decke. An der rechten
Mauer ist ein einfaches, eisernes Rohr als
Geländer befestigt.
Simon beginnt langsam die Stufen hinaufzu-
steigen.

Jessica folgt ihm und flüstert: „Fast wie in
dem Geheimgang, nur das der Weg steil nach
oben führt."
Oben angekommen erstreckt sich ein fensterlo-
ser Flur nach links. Auf der rechten Seite
erkennen sie zwei Holztüren. Vor der ersten
bleiben sie zögernd stehen. Die Tür ist aus
Eichenbrettern gefertigt. Verziert wird sie
mit drei massiven Scharnieren, mit zum Ende
hin spitz zulaufenden Türbändern, die über
die halbe Breite des Türblattes reichen.

Simon lauscht an der Tür. Nichts ist zu hören.
Jessica hält den Atem an und schaut das kurze
Stück den Flur zurück: *Wenn jetzt der Verrückte hochkäme, wüsste ich nicht, wohin wir
fliehen sollten.*

Simon drückt behutsam die schwere Eisenklinke
runter und siehe: Die Tür lässt sich öffnen.
Beide schlüpfen in den Raum und Jessica ver-

schließt die Tür hinter sich. Sie schauen
sich um.
In der rechten Wand ist ein Fenster eingelassen, dessen trübe Glasscheiben in viele kleine Sprossen gefasst sind. Das letzte diffuse
Licht des Tages müht sich in den Raum. Geradeaus nimmt ein gewaltiges Himmelbett mindestens ein Drittel des Raumes ein. Weitere Möbelstücke sowie Vorhänge neben dem Fenster
sucht Jessica vergebens.
Simon ist überwältigt. Fasziniert nähert er
sich dem Bett. Am Fußende bleibt er stehen
und bestaunt das Gebilde: Es hat mindestens
die Breite eines King size Betts. Ein aus
dunklem Holz gefertigter Bettkasten, der mit
einer schweren, dunkelroten Samtdecke bedeckt
ist. Ein Baldachin aus dem gleichen Holz, der
an den Ecken von schweren Säulen gestützt
wird.

Simon beeindruckt: „Wow! Irres Teil."

Er tritt zwischen Bett und Fenster, um mehr
Details erkennen zu können. Jessica stellt
sich neben ihn und erinnert: „Ähm, du ver-
gisst nicht, warum wir hier sind – oder?"

In diesem Augenblick vernehmen sie ein krat-
zendes, leicht klopfendes Geräusch. Keiner
von beiden spricht ein Wort. Sie wissen, dass
der andere es ebenfalls gehört hat und horchen einfach nur. Jessica hört ihr Blut in
den Schläfen rauschen. Ihre Nerven sind zum
Zerreißen gespannt. Sie erwartet, dass jeden
Moment die Tür auffliegt und sich der Verrückte in das Zimmer schiebt. Doch nicht die
Tür fliegt auf, sondern der Ast, der vorher
vom Wind an das Fenster gedrückt wurde, don-

nert nun, angetrieben von einer Sturmbö, vor
die Scheiben, dass es nur so kracht.

Schutzsuchend springt Jessica Simon in die
Arme und bringt ihn somit aus dem Gleichgewicht. Beide fallen aneinander gekrallt auf
den Bettkasten, auf dem entgegen ihrer Erwar-
tungen keine weiche Matratze liegt, sondern
eine dünne Spanplatte, die dem Aufprall nicht
standhalten kann.
Mit enormem Getöse bricht die Platte unter
ihnen ein und reißt die darunterliegenden
Dinge ebenfalls zu Boden.
Simon spürt einzelne harte Gegenstände unter
sich. Er hat jedoch keine Idee, um was es
sich handelt, da die dunkelrote Samtdecke den
Blick darauf verhindert.
Er strampelt sich von Jessica frei, die noch
starr vor Schreck ist und reißt den schweren
Stoff zur Seite.
Der Blick ist nun frei auf duzende Pistolen
und Gewehre, die den Boden unter dem Baldachin bedecken.

Die Vorratskammer des Schreckens

Freddy folgt dem eingeschlagenen Weg. Am Ende des Flures erreicht er eine Art Halle. Vorsichtig vergewissert er sich, dass die Luft rein ist. *Niemand zu sehen*, denkt er und durchquert die Halle, um im gegenüberliegenden Flur zu verschwinden. Dieser Weg bringt ihn in den Anbau, in dem die Burgküche untergebracht ist. Ein riesiger Raum mit Rundbögen und einer imposanten Feuerstelle, die in einer Nische der linken Wand eingelassen ist. Freddy schaut sich um. Er bemerkt die einfache Holztür gegenüber.
Er vermutet: *Na, wenn das nicht die Vorratskammer ist…*

Es ist totenstill, als er durch die Küche huscht. Er lauscht an der Tür, die mit einem eisernen Schieberiegel verschlossen ist. Er schließt daraus, dass es von innen keine Möglichkeit gibt, die Tür zu öffnen. Falls also die beiden Mädchen hier drin sind, dann werden sie dort alleine sein.

Mit den Fingerspitzen trommelt er leise vor das Holz. Dabei flüstert er: „Angie, Nicole! Seit ihr da drin?"

Sofort dringt Nicoles gequälte Stimme zu ihm: „Freddy?"
Sie scheint hinter der Tür zu sitzen.

Dann ein geschluchztes: „Hol mich hier raus. Bitte!"

Fast geräuschlos schiebt er den Metallriegel zur Seite und drückt die Tür auf.

Kaum hat er die Möglichkeit in den Raum zu
schauen, fällt ihm Nicole in die Arme. Er be-
merkte ihr verheultes Gesicht, bevor sie es
in seine Schulter drückt und bitterlich zu
weinen anfängt.

Er umschließt Nicole mit seinen Armen und
versucht sie zu beruhigen: „Psst, ist ja gut.
Ich hol euch hier raus. Simon und Jessica
sind auch hier.“

Argwöhnisch dreht er sich um, ob vielleicht
jemand aufmerksam geworden ist.
„Wo ist Angie? Hat man euch getrennt?“

Nicole stammelt und schluchzt Unverständli-
ches in seine Schulter.

Freddy wird unruhig: „Verdammt Nicole. Nicht
so laut!“, und drückt sicherheitshalber die
Tür der Vorratskammer hinter sich zu.

Er schiebt Nicole auf Armlänge von sich und
meint energisch: „Nicole! Reiß dich zusammen.
Wir sind gekommen, um euch hier raus zu holen. Doch du musst jetzt mitarbeiten. Hast du
verstanden?“, dabei schüttelt er sie leicht.

Nicole verstummt. Sie nickt bedächtig mit dem
Kopf während sie den Blick nach unten gerichtet hält. Dann holt sie sehr tief Luft und
sagt mit einigermaßen gefestigter Stimme:
„Angie ist tot.“

Freddy entsetzt: „Was?“

Nicole jetzt sachlich: „Ja, Angie ist tot.
Ein Unfall. Sie liegt da hinten, erschlagen
von einer altertümlichen Waffe“, dabei zeigt

sie in den Raum hinein, der immer noch
schwach von der einzelnen Glühbirne erhellt
wird, die von der Decke baumelt.

Freddy lässt Nicole wortlos stehen und läuft
an den Regalen vorbei zu der Wand mit der
Fensteröffnung.
Was er sieht, lässt ihn das Blut in den Adern
gefrieren.
Eine beeindruckende Ritterrüstung steht be-
drohlich vor der Wand.

Angie liegt langgestreckt auf dem Rücken davor. Ein reich verziertes Beil an langem
Holzstiel steckt einige Zentimeter tief in
ihrem Kopf. Es reicht von der Stirn über ihr
linkes Auge bis zum Mundwinkel auf gleicher
Seite. Ihr rechtes, stahlblaues Auge stiert
weit aufgerissen, mit einem ungläubigen Ausdruck in die Luft. Die enorme Blutlache erinnert ihn an den Albtraum in dem Anbau der
Jagdhütte. Er verspürt einen ihm bisher unbekannten Druck in seinen Schläfen und erwartet, in Ohnmacht zu fallen.
Lediglich Nicoles ängstliche Stimme bei der
Tür hält ihn davon ab: „Freddy! Freddy, komm
zurück!"

Erschüttert reißt er sich von dem Anblick los
und läuft zwischen den Regalen zu Nicole zurück.
Nicoles verzweifelter Ausdruck zwingt ihn,
sich zusammenzureißen.
Er stammelt: „Simon und Jessica sind auch
hier und suchen euch, äh, dich. Verdammt!"

Seine Stimme festigt sich, als er ihr erzählt: „Stefan ist auch tot. Er wurde erschossen. Die Typen, die euch hier ein-

gesperrt haben, sind echt gefährlich. Mindestens zwei oder drei von denen müssen noch hier sein. Komm, wir suchen Simon und Jessica und hauen ab."

Damit greift er Nicoles Hand und sie schleichen durch die Küche.

Entdecktes Chaos

Ledermantel und sein Kumpane halten sich im
Zimmer gegenüber der Standuhr auf.
Der Typ trägt tatsächlich seinen Ledermantel,
obwohl er bequem in einem Sessel lehnt, seine
Füße auf einem Stuhl liegen und er genüsslich
an einer Zigarre zieht.

Der andere Typ hat ein Laptop aufgeklappt und
checkt eine Route nach den Niederlanden, die
fern ab von stark befahrenen Straßen liegt:
„Hey Boss, ich hab was gefunden."

„Nicht jetzt, du Schwachkopf."
Bevor der Boss eine Erklärung hinzufügen
kann, warum er jetzt nichts davon hören will,
schreckt er wegen eines krachenden, poltern-
den Geräusches hoch.

Er reißt die Füße vom Tisch, setzt sich ker-
zengerade im Sessel auf und flucht: „Verdammte Scheiße! Was war das?"

Sein Kumpan am Laptop, dem der Krach ebenfalls nicht entgangen ist, starrt in Erwar-
tung eines Befehls zu seinem Boss. Selbst
denken kommt beim Boss nicht so gut.
Der Boss springt auf, schmeißt die Zigarre in
den schweren Aschenbecher und hält ruck zuck
seine Pistole in der Hand.

Er herrscht den anderen an: „Auf was wartest
du? Das kam von oben! Also los!"

Der andere zückt ebenfalls seine Pistole und
folgt dem Ledermantel, der gerade durch die
Tür verschwindet. Sie laufen den Flur entlang
bis zur schmalen Steintreppe.

Dann befielt der Ledermantel: „Du gehst vor",
während er mit seiner Waffe die Richtung nach
oben vorgibt.

Sein Kumpan zögert kurz, wagt jedoch keinen
Widerspruch. Er horcht zuerst angestrengt,
doch seit dem Rumpeln ist es still. Langsam
schleicht er die Stufen hinauf. Er schiebt
die Waffe vor, bevor er um die Ecke schaut.
Der Gang ist leer. Die Türen sind geschlossen. Er dreht sich um und gibt seinem Boss
ein Zeichen, dass er folgen soll. Nun stehen
beide auf dem fensterlosen Flur und horchen.
Scharrende Geräusche dringen schwach durch
die Eichenbretter der ersten Tür. Sie lauschen angestrengt, um die Geräusche zu identifizieren. Doch das gelingt nicht recht.

Der Ledermantel erteilt für ihn ungewöhnlich
leise einen weiteren Befehl: „Du stürmst in
den Raum, ich gebe dir Feuerschutz, falls nötig."

Der andere flüstert fassungslos: „Aber Boss…"

Doch der Boss zischt nur: „Worauf wartest du?
Rein mit dir!", dabei hält er die Mündung
seiner Pistole in seine Richtung.

Sein Kumpane nimmt allen Mut zusammen, reißt
die Tür auf und springt mit der Waffe im Anschlag in das Zimmer.
Der Ledermantel ist sofort hinter ihm und
streckt ebenfalls die Waffe in den Raum.

Sprachlos blicken sie auf einen zusammenge-
krachten Bettkasten, dessen Inhalt auf dem
Fußboden verstreut liegt und teilweise noch

von der dunkelroten Samtdecke bedeckt ist. Über allem thront der Baldachin.

Daneben, dicht beim Fenster, verharren ein junger Mann und eine junge Frau mitten in der Bewegung und blicken entsetzt in ihre Richtung.

Der Ledermantel verhindert mit einem scharfen Zuruf, dass Simon zur Waffe greift, die in seinem Hosenbund steckt: „Die Hände über den Kopf! Alle beide!"

Dann weiter im Befehlston zu seinem Begleiter: „Los! Schnapp dir das Mädchen und bring sie zu den anderen beiden. Oder besser noch, in unsere Spezialabteilung. Und fessel sie gut."
Dann zu Simon gefährlich leise: „Und wir beide unterhalten uns."

Der Mann in der schwarzen Cargohose greift Jessica am Arm und zieht sie weg. Jessica blickt zurück und schreit in Panik: „Simon!"

Der steht mit erhobenen Händen da und versucht sie zu beruhigen: „Mach dir keine Sorgen. Dir passiert nichts."

Der Ledermantel genüsslich: „Da wär' ich nicht so sicher", dann auffordernd: „Komm näher. Ihr gehört bestimmt zu der Clique, die die alte Jagdhütte gemietet hat. Zwei von euch haben wir schon. Die anderen dürften auch bald hier erscheinen. Sie werden gerade abgeholt." Dabei grinst er hämisch.

Simon nähert sich ihm mit langsamen Schritten und denkt: *Wenn du wüsstest, was in der Hütte passiert ist...*

Schusswechsel

Freddy und Nicole durchqueren gerade die Halle, als sie ein dumpfes Poltern und Krachen hören. Erschrocken schauen sie sich an. Freddy reißt Nicole mit sich, um sich hinter eine Säule zu stellen und abzuwarten. Sie lauschen angestrengt, jedoch ist nichts mehr zu hören. Gerade schleichen sie weiter in den Flur, aus dem Freddy zuvor gekommen war, als sie eine Tür klappen hören.
Sofort drücken sie sich wieder an die Wand, hinter einen der Rundbögen, die in halben Säulen münden. Freddy schiebt vorsichtig seinen Kopf vor und sieht, wie zwei Männer mit gezogenen Pistolen aus dem Gang mit der Standuhr kommen, um in den gleichen Flur, jedoch entgegengesetzt, abzubiegen. Die Männer laufen bis zum Ende. Nach kurzer Diskussion biegt erst einer der Männer links ab, dann folgt ihm der Typ in dem langen Ledermantel.

Freddy aufgeregt zu Nicole: „Wir folgen den beiden. Die haben offenbar auch das Getöse gehört und wollen nachsehen, was es war. Ich befürchte Simon und Jessica könnten Schwierigkeiten bekommen."

„Nein!", stammelt Nicole unsicher und hält Freddy am Arm fest. „Ich habe Angst."

Freddy eindringlich: „Dann bleib in der Küche und versteck dich irgendwo."

Nicole ängstlich: „Nein, ich will nicht allein bleiben."

Freddy ungeduldig: „Dann komm eben mit. Aber entscheide dich endlich, was du tun willst."

Aus weiter Ferne hören sie Jessica kläglich schreien: „Simon!"

Freddy aufgebracht: „Scheiße. Bleib still!"

Nun hören sie Schritte poltern und kurz darauf biegt einer der Männer am hinteren Ende in den Flur. Er kommt in ihre Richtung und zerrt Jessica mit sich.
Dann verschwindet er mit ihr in den Standuhr-Flur.

Freddy und Nicole verhalten sich so lange ruhig, bis die Schritte verhallt sind.

Ohne weiter auf Nicole einzugehen, läuft Freddy so leise es geht den Flur komplett hinunter. Nicole entschließt sich ihn zu begleiten und folgt ihm rasch und ebenso leise. Am Ende entdecken sie die schmale Treppe, die ins obere Stockwerk führt.

Geräuschlos steigen sie die Stufen hinauf.
Oben angekommen lauschen sie angestrengt.
Aus einem Raum dringt eine tiefe Stimme, die befiehlt: „… und jetzt nimmst du ganz langsam die Waffe und lässt sie zu Boden fallen."

Freddy zieht die Pistole aus seinem Hosenbund und setzt sich sofort wieder in Bewegung. Bis kurz vor die offen stehende Tür. Hier lauert er vorsichtig um die Ecke.

Ein Mann in einem langen, schwarzen Ledermantel, der mit dem Rücken zur Tür steht, hat seine Pistole auf Simon gerichtet. Dieser zieht gerade seine Waffe aus dem Hosenbund und schaut reflexartig zur Tür, wo Freddy gerade aufgetaucht ist.

Der Ledermantel registriert den Blick, dreht
sich sofort um und entdeckt Freddy. Er reißt
die Waffe herum und feuert sie ab. Freddy
kann gerade noch zurück hinter die Mauer in
Sicherheit springen.

Simon, der seinen Waffengriff schon in der
Hand hält, zieht sie hervor, zielt auf den
Ledermantel und feuert ebenfalls. Er trifft
den Mann offensichtlich in seine linke Schulter. Der schreit furchtbar auf und vollführt
eine halbe Drehung nach links. Simon macht
einen schnellen Schritt auf ihn zu und feuert
gleich noch einmal in seine Körpermitte, während Freddy mit der Waffe im Anschlag in den
Raum springt und auf den zusammenbrechenden
Mann zielt.
Jetzt erscheint auch Nicole im Türrahmen und
sieht, wie der Mann, den sie vor kurzem schon
mal gesehen hat, seitlich bewegungslos auf
dem Holzboden liegt. Es ist nicht erkennbar,
wo Simon ihn getroffen hat.

Die Jungen schauen wie erstarrt auf den leblosen Körper, während Nicole ihren Blick angewidert abwendet und die vielen Waffen bei
dem zusammen gebrochenen Bettkasten registriert.
Langsam nähert sie sich dem Waffendurcheinan-
der. Sie bückt sich und hebt eine der Pistolen auf, die das gleiche Modell zu sein
scheint, das auch Simon und Freddy in der
Hand halten. Sie wiegt es abschätzend in der
Hand, als die Jungen sich zu ihr umdrehen.

Bisher hat noch keiner der Freunde gespro-
chen. Und auch jetzt scheinen sie noch alle
unter einer Art Schock zu stehen.

Simon und Freddy registrieren, wie Nicoles
Augen sich weiten und eine gewisse Entschlos-
senheit zeigen. Dann hebt sie die Waffe und
zielt in ihre Richtung. Die Jungen verstehen
nicht und reagieren auch nicht, als Nicole
die Kugel kaltblütig abfeuert.

Die Kugel zischt zwischen beide Jungen hindurch und trifft den Hals des Mannes, dem
seine Waffe, die er auf Simon gerichtet hatte, aus der Hand gleitet.
Ein letztes Röcheln entschlüpft seinem Ra-
chen, womit er sein Leben aushaucht.

Simon ist der erste, der sich aus der Erstar-
rung reißen kann: „Danke, Nicole", sagt er
erleichtert.
Und weiter, leicht beunruhigt: „Du kannst die
Waffe jetzt runter nehmen. Der andere Typ hat
Jessica verschleppt. Wo ist Angie?"

Nicole starrt noch wie gebannt auf den Ledermantel und lässt langsam den Arm mit der Waffe sinken, als Freddy antwortet: „Angie ist
tot. Ein Unfall. Erzähle ich dir später. Lass
uns Jessica suchen."

Freddys Worte hallen in seinem Kopf nach: *Angie ist tot. Angie ist tot.*
Doch jetzt geht es um Jessica, die noch lebt,
und wer weiß wo in diesem Gemäuer ist.

Freddy berichtet: „Wir haben den anderen Typen gesehen, wie er Jessica mit sich gezerrt
hat. Zumindest kennen wir die grobe Richtung."

Nicole behält vorsichtshalber die Pistole,
als sie sich auf den Weg nach unten machen.

Im Burgverlies

Der Verbrecher zerrt Jessica brutal über die Flure. Vorbei an der Standuhr, bis in den hintersten Winkel des Flurs. Am Ende befindet sich eine schlichte Holztür, die Jessica vorher noch nicht aufgefallen war. Der Typ hält Jessica in eisernem Griff, während er die Tür aufzieht und sie hineinschiebt. Er bewahrt sie gerade noch vor einem Sturz, da unmittelbar hinter der Tür eine steinerne Wendeltreppe nach unten führt. Erschrocken schreit Jessica kurz auf.
Mit seiner freien Hand betätigt er einen Lichtschalter. Einfache Wandlampen beleuchten die schmale Treppe und die niedrige, halbrunde Decke. Die Stromkabel sind auf der kahlen Steinwand verlegt.

Der Typ entlässt Jessica aus seiner Klaue und herrscht sie an: „Runter da! Und keine Mätzchen. Ich bin gleich hinter dir!"

Er knallt die Tür zu und stampft hinter Jessica her.
Die Luft ist stickig. Sie wirbeln jede Menge Staub auf in dem engen Gemäuer. Jessica folgt der linksdrehenden Wendeltreppe und hält dabei mit der rechten Hand den Kontakt zur Wand. So fühlt sie sich besser. Ein Geländer gibt es nicht.

Nach geschätzten dreißig Stufen mündet die Treppe in einen Kerker. Jessica zögert am Ende der letzten Stufe. Zwei Wandlampen, gleich neben der Treppenmündung, tauchen den Raum in diffuses Licht.

Undeutlich erkennt Jessica Gitterstäbe, die
sich im hinteren Drittel des Verlieses quer
von der einen Seite bis zur anderen erstre-
cken.
Die dort eingelassene Tür, ebenfalls aus Gitterstäben gefertigt, steht offen. Staubfäden
und Spinnweben spannen sich willkürlich durch
den dreckigen Kerker. Jessica beginnt zu zit-
tern.

Der brutale Typ hinter ihr verpasst ihr einen
Stoß in den Rücken und herrscht sie an:
„Träum nicht! Vorwärts!"

Jessica stolpert ein paar Schritte vorwärts
und dreht sich zu ihm um. Sie fleht: „Bitte,
lassen sie mich nicht hier unten. Ich …"

Grob unterbricht er sie: „Hör auf zu jammern.
Ab in den Käfig, mein süßes Vögelchen", dabei
lacht er wie über einen guten Witz und
schiebt sie weiter durch die Gittertür hinter
die Wand aus Gitterstäben.

Es ist dunkler als bei den Lampen neben der
Treppe. In gebückter Haltung macht der Typ
sich an etwas auf dem Boden zu schaffen. Als
sich Jessicas Augen einigermaßen an die Dunkelheit gewöhnt haben, erkennt sie einen wüs-
ten Haufen Seile, in dem der Typ wühlt. Als
er sich aufrichtet, hält er einige davon in
der Hand. Grob greift er Jessicas rechte Hand
und legt eine Schlinge darum. Dann tritt er
hinter sie und zieht die Hand auf ihren Rücken. Nun greift er ihre linke Hand und packt
sie daneben. Gekonnt wickelt er die Schlinge
um beide Handgelenke und lässt das Seil zweimal zwischen ihre Hände laufen. Damit zieht
sich das Seil um jedes Handgelenk extra fest,

so dass es unmöglich ist das Seil zu lockern.
Er fixiert das Ganze mit einem Knoten und
drückt Jessica bis an die hintere Wand.

Unwirsch befiehlt er ihr: „Setz dich!"

Die Hände auf dem Rücken gebunden, folgt Jessica mühsam seinem Befehl.
Sie nimmt ihren ganzen Mut zusammen und ap-
pelliert erneut: „Bitte, lassen sie mich
nicht hier unten. Meine Eltern haben viel
Geld. Wenn sie mich gehen lassen, verspreche
ich ihnen ein Vermögen."

Während der Verbrecher ihre Füße auf die
gleiche Weise fixiert, nuschelt er in Anspielung auf seinen Boss: „Wenn ich tot bin,
nutzt mir auch dein Geld nichts mehr. Und ich
werde tot sein, wenn ich dich laufen lasse."

Damit dreht er sich von ihr weg und marschiert aus dem hinteren Trakt. Er macht sich
gar nicht erst die Mühe, die Gittertür zu
verschließen. Er strebt geradewegs auf die
Wendeltreppe zu, als Jessica zu schreien anfängt: „Simon! Freddy! Ich bin hier unten!"

Der Typ verlangsamt seinen Schritt und dreht
sich zu ihr um: „Halt die Klappe. Dich hört
sowieso keiner."

Er bewegt sich weiter Richtung Treppe als Jessica erneut schreit: „Simon! Freddy! Holt
mich hier raus!"

Der Typ macht kehrt: „So, das reicht", brummt
er grimmig.

Er schnappt sich ein weiteres Seil aus dem Haufen, knotet drei, vier mal auf die gleiche Stelle, so dass ein einziger dicker Knubbel entsteht, um diesen Jessica in den Mund stopfen.

Er kniet sich neben Jessica, die wie verrückt mit dem Kopf hin und her schlägt und ihre Lippen krampfhaft aufeinander presst.
Bis der Typ ihr mit Daumen und Finger seiner linken Hand seitlich auf die Wangen greift und zudrückt.
Jessicas Kopf steckt bewegungslos wie in einem Schraubstock. Der Druck, den der Typ mit seiner Pranke auslöst, ist so schmerzhaft, dass sie den Mund öffnen muss.

Nun schiebt er mit der anderen Hand den dicken Knoten in ihren Mund und bindet die Seilenden hinter ihrem Kopf zusammen.

Er steht auf und meint zufrieden: „Jetzt kannst du über dein Geschrei nachdenken."

Dann marschiert er erneut Richtung Wendeltreppe und stampft schwerfällig die Stufen hoch. Er ist total außer Atem. Diese Wildkatze hat ihn doch ganz schön angestrengt.

Jessica ist verzweifelt. In ihrem Mund bildet sich ein ekeliger Brei aus Staub, Blut und Spucke. Tränen laufen ihr über die Wangen.
Die Seile schneiden heftig in ihre Hand- und Fußgelenke. Die Schultern brennen, weil ihre Arme so stramm nach hinten gebunden sind und ihr Kopf schmerzt.
Ein Gedanke lässt sie fast hysterisch werden:
Hoffentlich lässt der Typ das Licht an.

Die stampfenden Schritte ihres Peinigers sind verklungen. Doch nimmt sie plötzlich dumpfe Geräusche wahr. Sie lauscht angestrengt. Es klingt nun doch wieder nach Schritte auf den Stufen. Sie hofft: *Die Jungen kommen, um mich zu befreien.*
Noch traut sie sich nicht, irgendwelche Geräusche von sich zu geben und verhält sich ruhig. Sie kann den Lärm nicht einordnen. Er hört sich an, als würde jemand die Stufen hinauf und wieder hinab laufen. Sie denkt optimistisch: *Das könnten Kampfgeräusche sein. Also haben Simon und Freddy mich gefunden.*

Sie spürt Hoffnung und Erleichterung in sich aufsteigen, als sie etwas die Treppe hinunter poltern hört. Es klingt, als ob eine Kokosnuss die Treppe runter hopst.

Tatsächlich erkennt sie nun im schwachen Schein der Wandlampen, dass ein runder Gegenstand von der letzten Stufe aus in den Kerker rollt. Mit dem Schwung der Treppenstufen kullert er bis vor die Gitterstäbe, die ihn ausbremsen.

Augenblicklich ist es still. Die Augen in dem schmerzverzerrten Gesicht ihres Peinigers von vorhin starren durch die Gitterstäbe.

Paule II

Paule ist wütend. Er hat sich am Arm verletzt, als er durch die Scheibe gesprungen
ist. Die Wunde am Oberarm blutet. Doch was
viel schlimmer ist: Im Overall seines Vaters
befindet sich ein großer Schnitt an gleicher
Stelle.
Außerdem ist sein Engel vor ihm abgehauen und
die zwei Wichser haben ihn verjagt.
Er reißt seinen Roller vom matschigen Boden
hoch, prescht an den nassen Blättern vorbei
und heult wie ein kleines Kind. Er schlägt
den Weg zur Burg ein. Was anderes fällt ihm
jetzt nicht ein.

Auf dem Weg dorthin beruhigt er sich etwas
und gibt sich seinen meist wirren Gedanken
hin: *Es hat mir sehr weh getan, als der blonde Engel geschrien hat und nicht mehr aufhö-
ren wollte. Innen, in der Brust, hat es weh
getan. Sie ist so schön. Auch das hat mir weh
getan, innen in der Brust, als sie vor mir
abgehauen ist. Wenn ich die zwei Wichser ohne
Waffen treffe, dann mach ich sie kaputt. Ich
reiß ihre Herzen raus, damit es ihnen auch
weh tut. Innen, in der Brust.*

Es regnen nicht mehr, als er die Burg fast
erreicht hat. Er entschließt sich, mit dem
Roller durch den Geheimgang zu fahren. Dazu
kramt er wieder seine kleine Taschenlampe aus
seiner Overall-Tasche und rollt behutsam
durch den Gang.

Als er seinen Roller durch die Seitentür des
Einbauschrankes hebt und ihn nur noch eine
Tür von dem langen Flur trennt, hört er sei-
nen Engel kurz aufschreien.

Rasch durchquert er den Raum, lehnt den Roller an die Wand und presst sein Ohr an die Tür.

Er hört eine Männerstimme, die in rauem Ton befiehlt: „Runter da! Und keine Mätzchen. Ich bin gleich hinter dir!"

Dann knallt eine Tür.
Er wartet einen kurzen Moment, bis alles ruhig ist und öffnet vorsichtig die schwere Tür. Auf dem Flur ist niemand zu sehen. Er wendet sich zur rechten Seite des Flures und öffnet leise die schlichte Tür, die zum Kerker führt.
Er lauscht einen Moment auf die stampfenden Schritte, die immer leiser werden. Dann hört er wieder die Männerstimme: „Vorwärts!"

Und dann hört er die zarte, flehende Stimme seines Engels: „Bitte, lassen sie mich nicht hier unten."

Das reicht. Hier muss er eingreifen. Er rennt in das Zimmer gegenüber der Standuhr. Über dem Kamin hängen zwei gekreuzte Schwerter. Er ist groß genug, dass er sich eins davon nehmen kann, ohne sich irgendwo drauf zu stellen.

Mit der schweren, blanken Waffe geht er zurück zur Kerkertür. Leise öffnet er sie und steigt die Stufen der Wendeltreppe hinab. Den Schwertgriff hält er mit beiden Händen fest umschlossen.

Er hört den Typen, wie er sagt: „Jetzt kannst du über dein Geschrei nachdenken."

Dann hört er Schritte, die ihm entgegen kommen.

Der Verbrecher ahnt nichts Böses, als er die Stufen hoch stampft. Bis vor seinen Augen schwarze, klobige Schuhe auftauchen, über die der dunkelblaue Stoff eines Arbeitsoveralls fällt.

Erstaunt schaut er hoch und kann gerade einem Schwertangriff ausweichen. Die Klinge saust schräg nieder und scheppert vor die Mauer. In dem engen Wendeltreppengang kann sich Jessicas Peiniger kaum bewegen. Wegen seines Ausweichmanövers gerät er aus dem Gleichgewicht. Um zu verhindern, dass er die Stufen hinunter stürzt, hält er sich rechts und links mit den Fingern an der Mauer fest. Als fast sein gesamtes Körpergewicht an seinen Fingern hängt, trifft ihn blankes Metall am Hals. Er sieht sich einen Salto schlagen, jedoch ohne seinen Körper. Der bricht auf der Treppe zusammen.

Paule schmeißt die blutige Klinge weg, steigt über den schwach zuckenden Körper und eilt die Stufen hinunter. So schnell wie der Kopf hüpft und rollt, ist er jedoch nicht.

Mit den für ihn typischen Asthmageräuschen im Kerkerraum angekommen, entdeckt er schnell seinen Engel. Die blonde Schönheit sitzt hinter den Gitterstäben in der hintersten Ecke. Rasch kommt er bis zur Gittertür näher.

Doch dann bleibt er stehen und schaut seltsam berührt auf die hilflose junge Frau, die ihn mit weit aufgerissenen Augen entsetzt und verzweifelt anstarrt. Selbst in dieser Zwangslage ist sie das schönste Geschöpf, das er je gesehen hat.

Pistolenrauch

Beim Anblick des Kopfes ohne Körper spielt
ihr Herzschlag verrückt. Jessica hofft ohn-
mächtig zu werden. Doch ihr gefesselter Körper verweigert ihr diesen gnädigen Dienst.

Irgendwo auf der Wendeltreppe scheppert Metall. Dann hört sie, wie jemand die Stufen
hinunter kommt. Augenblicklich steht der Irre
in dem blauen Overall im Licht der beiden
Wandlampen und keucht schwer atmend.
Zögernd schaut er sich um. Als er Jessica
entdeckt, kommt er raschen Schrittes auf sie
zu. An der Gittertür bleibt er unvermittelt
stehen.

Jessica ist starr vor Angst. Sie beobachtet
den Verrückten und gibt keinen Mucks von
sich. Er betrachtet sie mit einem eigentüm-
lich sanften Gesichtsausdruck.

Jetzt bewegt er sich langsam auf sie zu. Kurz
vor ihr geht er auf die Knie. Ein riesiger
dunkelroter Fleck, der aussieht wie Blut,
überdeckt seinen linken Oberarm. Dort ist
auch sein Overall zerrissen.

Seine Hände greifen langsam vor und umschlin-
gen Jessicas Hals. Er zieht ihren Kopf dicht
an seine Brust und vergräbt sein Gesicht in
ihren weichen Haaren. Er schließt die Augen
und atmet tief ein. Dann löst er den Knoten
des Knebels hinter Jessicas Kopf. Er lehnt
sich zurück und zieht behutsam den dicken
Knoten aus Jessicas Mund, wobei er sich mit
der Zunge über seine dicken Lippen leckt.

Lautlos laufen Tränen über ihre Wangen. Er
nimmt zärtlich ihr Gesicht zwischen seine
Hände, um mit seinen Daumen die Tränen abzu-
wischen.

Unvermittelt peitscht ein ohrenbetäubender
Schuss durch den Kerker. Warme Tropfen sprit-
zen auf Viven. Der Verrückte kippt vor ihr
zur Seite. Mit einer blutenden Wunde auf der
rechten Schläfe und ungläubig aufgerissenen
Augen.

Nicole und Freddy verharren entsetzt und bewegungslos am Fuße der Wendeltreppe.

Simon, vor der Gittertür stehend, lässt langsam die Pistole sinken, aus deren Lauf sich
ein dünner Rauchfaden schleicht.

ENDE